작곡가
**최현일**

# 작곡가 최현일 1

Dr.Dre 장편소설

초판 1쇄 찍은 날 § 2016년 12월 7일
초판 1쇄 펴낸 날 § 2016년 12월 14일

지은이 § Dr.Dre
펴낸이 § 서경석

편집책임 § 김슬기
편집 § 조현우

펴낸곳 § 도서출판 청어람
등록번호 § 제387-1999-000006호
등록일자 § 1999. 5. 31
어람번호 § 제1-2568호

주소 § 경기도 부천시 부일로 483번길 40 서경B/D 3F (우) 14640
전화 § 032-656-4452 팩스 § 032-656-4453
http://www.chungeoram.com
E-mail § chungeorambook@daum.net

ISBN 979-11-04-91057-9 04810
ISBN 979-11-04-91056-2 (세트)

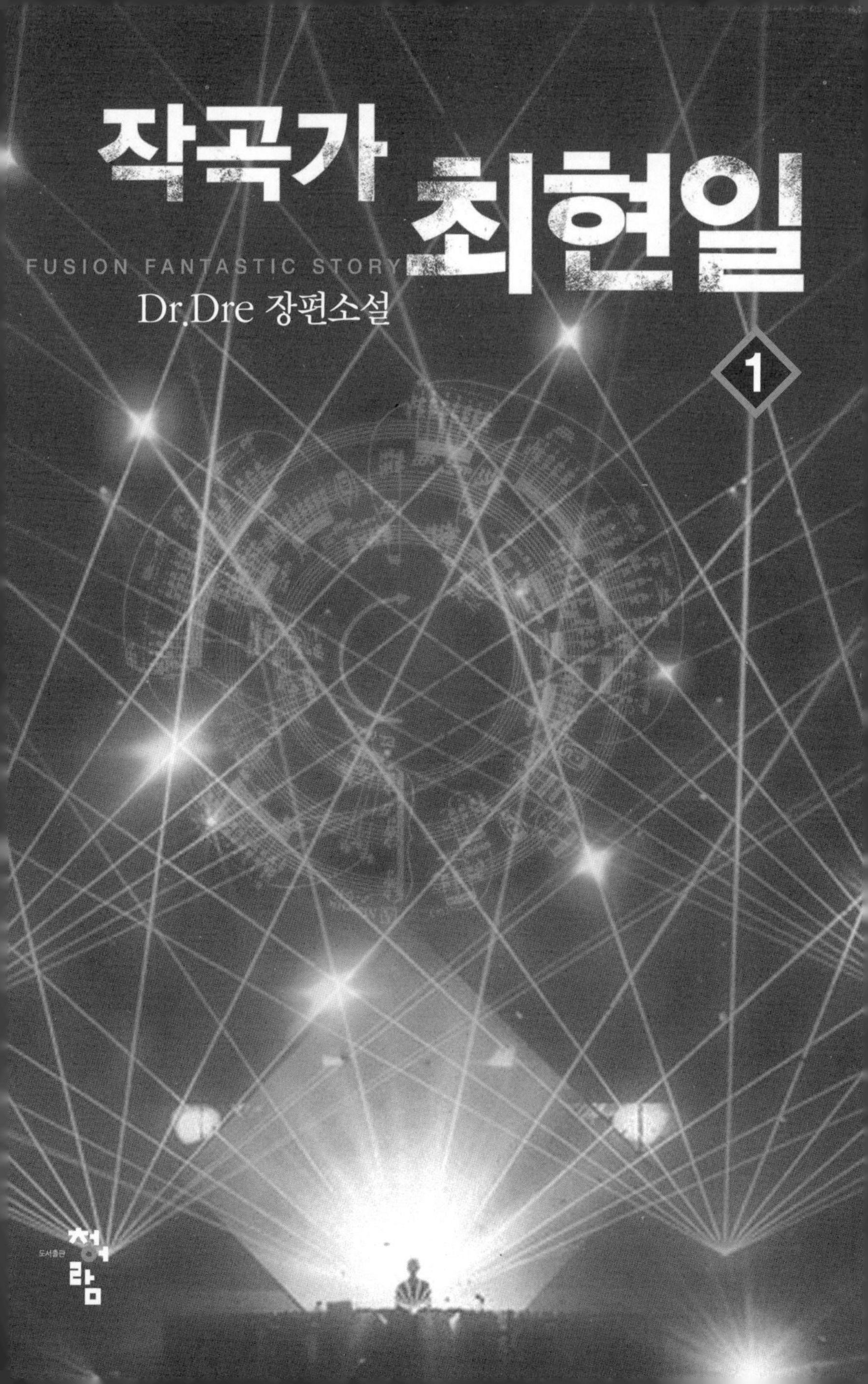
작곡가 최현일
FUSION FANTASTIC STORY
Dr.Dre 장편소설
1
도서출판 청어람

작곡가
최현일

# CONTENTS

프롤로그

—내 마음을 너에게~

TV 음악 프로그램에서 블랙베일 걸스의 노래가 흘러나오고 있다.

분명 블랙베일 걸스의 최고 히트곡인 이 노래를 듣고 있는 사람은 TV 속 그녀들에게 열중할 것이다.

분명히 그럴 것이다.

한데 지금 TV를 보고 있는 사내는 그렇지 않았다.

오히려 얼굴을 잔뜩 일그러뜨린 채 주먹을 꽉 쥐고 부들부들 떨고 있었다.

플래티넘 히트 앨범(음반업계에서 앨범을 100만 장 이상 파는 것).

그 앨범의 곡을 써준 주인공이 바로 자신인데도 말이다.

"으아아아아아악!!"

남자는 결국 분노를 참지 못하고 집 안의 가구를 때려 부수기 시작했다.

"씨발 새끼! 개새끼! 죽여 버릴 테다!"

남자가 분노하는 이유.

자신이 공들여 써준 곡이 수록된 앨범을 100만 장이나 팔아치워도, TV나 공연 중에 흘러나와도 단 한 푼의 저작권료도 받을 수 없다면?

지금 이 순간, 자신을 이렇게 만든 자에게 복수할 수 있다면 사내는 악마에게 영혼을 팔아도 좋다고 생각했다.

'아니, 과거로 돌아갈 수 있다면…….'

사내는 눈물을 흘렸다.

그렇게 엉엉 울기를 몇 분…….

사내는 제풀에 지쳐 정신을 잃었다.

# Chapter 1
비운의 작곡가

새 아침이 밝았다.

푹신한 침대를 놔두고 바닥에 엎드려 세상모르고 자고 있던 현일이 깨어났다.

"스읍."

질질 흐르는 침을 소매로 대충 닦으며 자리에서 일어난 현일은 뜻밖의 위화감을 느꼈다.

'······?!'

현일은 침을 닦아 축축해진 소매를 바라보더니 이내 자신의 몸을 천천히 둘러보기 시작했다.

"뭐야, 이건?"

어제 잠들기 전에 입고 있던 옷이 아니었다. 분명 외출하고 돌아온 모습 그대로 잠들었는데, 지금은 푸른 바탕에 곰돌이가 그려진 잠옷을 입고 있었다.

'이건 10년 전에나 입던 옷인데?'

이내 현일은 주위를 둘러봤다. 분명 거울은 깨지고 다리가 몇 개쯤 부서져 있어야 할 가구들.

'없어?'

가구들이 없었다. 마치 10년 전 이 원룸에 처음 세 들어왔을 때처럼 말이다. 아니, 아예 없는 것은 아니었지만, 있는 가구들마저도 모두 새것처럼 성했다.

현일은 당장 전화기를 찾았다. 항상 자기 전 침대 옆 책상에 놔두는 습관이 있으니 전화기를 찾는 것은 어렵지 않았다.

'10년 전에 쓰던 갤럭시S2… 도대체 어떻게 된 일일까?'

현일은 당장 화면을 켜서 오늘의 날짜를 보았다. 2011년 12월 1일.

"2011년… 2011년? 잠깐!"

현일은 문득 무언가 떠오른 듯 연락처를 열어 누군가에게 전화를 걸었다.

뚜루루, 뚜루루.

"제발… 제발 받아라!"

틱.

─여보세요?

"흑, 흐윽, 으허으어, 으헝으엉!"

현일은 전화기 속에서 흘러나오는 목소리를 듣자마자 대성통

곡을 하기 시작했다.

─형? 형 울어? 갑자기 왜 그래?

"으허야, 아혀히, 에아, 사하이흐이아, 으허아히엉……."

'그거야 당연히 네가 살아 있으니까'를 말하고 싶은 현일이었지만 목이 메어 말이 제대로 나오지 않았다. 몇 년 만일까? 살아 있는 동생의 목소리를 듣는 것이.

─……?

간신히 마음을 추스른 현일이 동생의 이름을 불렀다.

"…영서야."

─형, 무슨 일 있어? 왜 그러는데?

"아니, 아무것도 아니야. 아, 그렇지, 참. 우리 주말에 같이 영화나 보러 갈까?"

─쳇, 남자끼리 영화는 무슨 영화야?

"그럼 저녁에 고기라도 같이 먹을까? 네가 좋아하는 돼지갈비."

─어, 먹을래! 히히!

"그래, 그럼 일요일에 전화할게."

─어, 나 학교 다 왔으니까 끊는다.

"그래."

뚝.

전화가 끊겼다. 현일은 바닥에 주저앉아 다시 한 번 왈칵 눈물을 쏟아냈다. 분명히 죽었어야 할 동생 최영서가 살아 있다.

최영서.

9년 전, 아니, 2011년인 지금으로부터 1년 후, 영서는 갑자기 느껴지는 어지러움 증세에 병원에 갔다.

그리고 의사의 입에서 나온 청천벽력과도 같은 단어.

백혈병.

몸이 안 좋은 것 같아 의사의 권유에 의해 피검사를 한번 받아봤다가 백혈병이라는 날벼락 같은 선고를 받은 후 골수가 바늘에 찔리고, 가슴에는 관이 삽입되고, 집에도 가지 못한 채 격리되었다.

며칠 후, 멍한 정신으로 항암제를 맞는 신세가 된 영서를 현일은 멍하니 지켜봐야만 했다.

끔찍했다. 주말에 여자 친구와 영화도 보고 맛있는 것도 먹으며 마냥 행복해하던 녀석이, 아무런 탈도 없던 녀석이 월요일에 피검사 한번 했다가 큰 병원의 응급실로 실려 가게 되었고, 수요일에는 항암제가 전신으로 주입되고 있었다.

돈이 없지는 않았다.

아니, 오히려 현일은 유복한 가정에서 태어났다. 한때 금융업계에서 큰손이라 불리던 현일의 아버지는 한 번의 실수를 저질렀다.

단 한 번의 실수, 주식이었다.

전 재산을 털어 성공이 확실하던 회사의 주식을 샀지만 얼떨결에 일어난 불의의 사건으로 그 회사는 부도가 나버리고 그 많던 주식은 죄다 휴지 조각이 되어버렸다. 그리고 그 이후로

죄책감에 시달리던 아버지는 결국 스스로 목숨을 끊었다.

하지만 부자는 망해도 3년은 먹을 것이 있다고, 어머니가 아버지 몰래 여기저기서 만들어 두신 비상금 1억 원이 남아 있었다.

결국 어머니마저도 교통사고로 돌아가셨지만.

정말 생각만 해도 미쳐 버릴 것 같은 시절이었다.

그러나 현일은 그 고통 속에서도 방황하지 않았다. 비록 부모님은 더 이상 이 세상에 없을지라도 무너져 버린 집안을 자신의 손으로 다시 일으키리라 다짐했다. 일류 작곡가가 되어서.

그렇게 어릴 적부터 소망하던 작곡가의 꿈을 이루기 위해 남겨진 유산으로 각종 음향 장비를 사고 동생과 자신의 생활비를 충당했다. 그렇기에 동생이 백혈병이란 것을 알았을 땐 수중에 그리 많은 돈이 남아 있지 않았다.

물론 돈을 벌었다. 여기저기 아르바이트 자리를 알아보며 주말엔 공사판, 또 무슨 일이든 자리만 있다면 뛰어나가 악착같이 돈을 모았다.

그런 와중에도 작곡에 대한 열정을 놓지 않았다. 계속 시간이 날 때마다 음악을 들으며 선율을, 그리고 멜로디를 상상하며 악기를 연주했다.

하지만 그 정도로는 영서에게 들어가는 돈을 감당할 수가 없었다. 남겨진 유산을 다 써버렸을 때 현일은 결국 사채에 손을 대고 말았고, 빚쟁이들에게 시달렸다.

하루하루 막노동을 하며 이자만 갚아 나가는 형편이었지만 쥐구멍에도 볕들 날 있고 하늘이 무너져도 솟아날 구멍은 있다고 했던가.

어느 날 현일의 재능을 높이 산 대형 엔터테인먼트에서 현일에게 제안을 했다. 함께 곡을 써보지 않겠느냐고.

그 기획사는 심지어 현일의 빚을 갚아주고 동생의 병원비까지 내주었다. 물론 그 과정에서 조금 불리한 계약 조건을 들이밀긴 했지만 현일은 지금의 상황을 타개할 수 있다는 사실에, 동생을 살릴 수 있다는 사실에 계약 조건 따위는 전혀 개의치 않았다.

그에 현일은 냉큼 계약서에 사인을 했다.

그것이 실수였다.

빚을 갚아주고 동생의 병원비를 대주는 조건으로 현일이 쓴 곡의 저작권을 모두 회사에 양도한다는 조항. 그것이 문제였다.

상상조차 할 수 없었다. 상기의 대가로 저작권의 몇 %쯤 양도하는 것은 문제도 아니었다. 하지만 기획사에서는 자신의 피와 땀으로 이루어진 창작물을 완전히 빼앗아갔다.

하지만 현일은 참았다. 그것까진 참을 수 있었다. 곡이야 다시 쓰면 되고 무엇보다 동생이 살아 있으니까.

그러던 어느 순간부터 회사는 동생에게로의 병원비 지원을 말도 없이 중단해 버렸다. 그리고 그 이후엔⋯⋯.

현일은 당장 불공정 거래와 계약 위반으로 기획사를 상대로 소송을 걸었다. 그러나 이 나라에서 일개 개인이 기업을 상대로 이길 수는 없었다. 법과 언론, 시간은 모두 기업의 편이었다. 기획사는 소송을 계속해서 질질 끌었고, 그동안 소송에 들어가는 비용은 모두 현일이 부담해야 했다. 현일의 경제 형편을 아는 기획사가 이를 이용한 것이다.

언론사에 제보도 해봤지만 며칠이 지나도 뉴스엔 그에 대한 기사가 쥐꼬리만큼도 올라오지 않았고, 회사 건물 앞에서 1인 시위를 해도 사람들은 관심 없다는 듯 눈길조차 주지 않았다.

그러나 이제 그런 일은 없을 것이다. 미래는 절대로 반복되지 않을 것이다. 절대로.

'그러기 위해선 일단 돈을 벌어야 해.'

세상에 돈을 버는 방법은 여러 가지라는 말로는 부족하다. 무수히 많다. 하지만 미래를 알고 있는 사람이라면 이야기가 다르다.

누군가가 '만약 과거로 갈 수 있다면 무엇을 하겠냐?'고 묻는다면 나오는 대답은 언제나 정해져 있다.

로또, 투기, 주식……

하지만 로또는 실제 당첨자가 아니고서야 몇 회 차에 어떤 당첨 번호가 나왔는지 일일이 외우고 다니는 사람은 없다. 투기 또한 로또와 비슷한 이유에서 현일에겐 힘들었다.

물론 주식이야 어느 회사가 얼마만큼 성장했다는 이야기를 여러 군데에서 듣기 때문에 불가능하진 않겠지만 주식은 꺼림

칙했다.

현일은 주식의 '주' 자만 들어도 그날의 기억이 떠올라 몸서리를 쳤다.

넥타이를 목에 매고 천장에 매달려 있는……

당시의 기억이 떠오른 현일은 고개를 세차게 흔들었다.

생각을 다른 곳으로 돌리기 위해 애를 썼다. 이내 현일의 머릿속에 멜로디가 흘렀다. 그러자 잠시 후, 현일의 마음이 편해졌다.

그리고 또 다른 기억이 떠올랐다. 자신의 음악을 빼앗아간 연예 기획사 SH엔터테인먼트. 현일의 마음은 분노와 복수심으로 불타올랐다. 현일의 눈이 번뜩였다.

'그래, 그거야.'

현일은 씨익 음흉한 미소를 지었다.

"이제부터 빼앗는 것은 내 쪽이다."

그렇게 중얼거리는 현일의 얼굴은 마치 마계에서 강림한 마왕과도 같았다.

"너희들의 히트곡, 내가 다 선점해 주지."


    ＊       ＊       ＊


"요번 주 수입은… 20만 원이군. 내가 10년 전에도 꽤 성실했구나."

현일은 여느 때와 같이 오늘도 유튜브에 업로드한 자작곡으로 번 광고 수익을 정산하고 있었다.

사실 조회 수는 적은 편이지만 현일을 응원하는 유튜버들이 광고를 스킵하지 않고 끝까지 봐주기 때문에 조회 수에 비해 상당히 높은 금액을 벌 수 있었다. 현일은 인터넷 작곡가들 사이에서 이름이 있는 편이었으니까.

　—역시 GCM님이네요. 이번 곡도 너무 좋습니다.

　—하, 저도 작곡가가 꿈입니다만 GCM님에 비하면 한참 멀었네요.

　—한 수 배우고 갑니다.

　—이게 정말 10분 만에 만든 곡인가요? 대단하네요.

　—동종 업계 종사자로서 GCM 님의 성공을 기원합니다.

　…

"근데 이 곡은 이 부분이 마음에 안 들어. 여기서 신시사이저 파트를 추가했으면 좋았을 텐데."

10년의 경력을 고스란히 지금으로 가져온 현일의 귀에는 과거의 자신이 만든 음악에 많은 흠이 느껴졌다.

'이때 그걸 알았더라면 얼마나 좋았을까.'

그래도 현일은 자작곡에 달린 코멘트를 보며 히죽 웃었다. 칭찬은 언제 들어도 기분 좋으니까.

GCM은 그의 유튜브 닉네임의 약자이다.

Grand Composition Master.

직역하면 위대한 작곡의 장인이라는, 다소 유치하게 보일 수 있는 닉네임이지만 현일은 이 닉네임이 꽤 마음에 들었다. 당연히 과거로 돌아오기 전 미래에서도 기획사와 곡을 쓸 때 GCM이라는 예명을 사용했다. 결과적으로 그 이름은 한국음악저작권협회에 등재되지 않았지만.

다시 그때의 기억이 떠오른 현일은 바득 이를 갈았다.

"옘병."

현일이 스트레스로 인해 현관문을 열고 복도 쪽의 충간 계단으로 나가 담배에 불을 붙이기 위해 라이터를 꺼내려고 할 때였다.

"에라이! 씨발 새끼들! 씨발 새끼들!"

바깥에서 웬 취객의 고함이 들려왔다.

창문 밖으로 소주병을 쥔 채 얼굴이 붉게 상기되어 입에서 육두문자를 내뱉고 있는 청년이 보였다.

현일과 나이 차이도 별로 나지 않아 보이는 저 청년은 대체 어떤 세상의 시련을 겪었기에 대낮부터 술주정을 부리고 있는 것일까.

현일이 혀를 차며 중얼거렸다.

"쯧, 입에 걸레를 물었나? 젊은 인간이 대낮부터 술을 처먹고 지랄이야."

그러던 현일이 턱을 어루만지며 취객을 주시했다.

'응?'

저 취객이 무슨 행패를 부릴까 궁금해서가 아니라 얼핏 보인 옆모습이 마치 어디선가 본 듯했기 때문이다.

'흠, 잘못 봤나?'

그러나 이내 신경을 꺼버렸다. 세상에 어디서 본 것 같은 사람 몇 명은 있을 수 있는 일이니까.

그렇게 생각한 현일은 담배가 필터까지 줄어들자 꽁초를 창문 밖에 던져 버리고 집 안으로 들어왔다.

"휑하구만. 그러고 보니 이 집이 이렇게 넓었나?"

과거로 돌아오기 전에는 이 좁은 원룸 안이 일렉 기타며 키보드, 드럼에 전문가용 컴퓨터 뭐니 하는 각종 음악을 위한 장비로 꽉 차 있었고, 벽은 온통 방음벽으로 도배를 해 놓았었다.

그런데 그것들이 다 사라지고 나니 새삼 집이 상당히 넓어 보이는 게 당연했다.

'그땐 내가 너무 안일했어.'

현일은 고개를 저었다.

너무 편안함만 추구한 것 같았다.

물론 편하게 사는 것이 나쁜 일은 아니다. 아니, 오히려 편하게 살 수 있다면 세상에 그것만큼 좋은 일이 어디 있겠는가. 그러나 유감스럽게도 편한 인생은 대부분의 사람들에게 허용되지 않았고, 현일 또한 마찬가지였다. 무엇보다 편안함 속에서는 중요한 것을 찾을 수 없었다.

사람의 인생을 180도 바꿀 수 있을 만큼 중요한 그것.

'그땐… 절박함이 없었지.'

동생의 질병을 몰랐으니까. 자신의 음악을 빼앗길 줄 몰랐으니까.

이젠 음향 장비를 위해 돈을 쓰지 않을 것이다.

동생의 문제도 있지만 지금의 현일에겐 그저 컴퓨터와 DAW(Digital Audio Workstation: 디지털 음원의 재생, 녹음 및 편집을 위한 프로그램)만 있으면 된다.

뛰어난 장인은 도구를 탓하지 않는 법.

실례로 잔인한 형제는 무명 시절 중고 컴퓨터 하나로 작곡하다가 지금은 이름만 들으면 누구나 아는, 모두가 그와 같이 곡을 쓰고 싶어 하는 스타 작곡가가 되었다.

지금 현일의 상황은 그보다 나았다. 컴퓨터도 새것이고 여윳돈도 있었다.

무엇보다 미래를 알고 있다!

물론 방음벽은 다시 설치해야 할 필요가 있을 것이다. 그러지 않으면 이웃집에서 난리 성화를 피워댈 테니까.

"그럼 작업을 시작해 볼까?"

현일이 손바닥을 슥삭 비벼대며 중얼거렸다.

"제일 먼저 표절할 곡은… 아니, 표절이 아니지. 어디까지나 원작자는 내가 될 테니까 말이야. 크큭."

무슨 곡을 써야 하느냐.

시작하려고 보니 상당히 고민되었다. 미래에 히트 칠 곡이 많기 때문이기도 했지만 시기가 문제였다.

'앞으로 1년 동안 나올 노래들은 좀 위험해.'

보통 가수 본인이 직접 노래를 쓰지 않는다고 하면, 그러니까 대부분 아이돌 그룹 같은 경우 멤버들이 곡을 받아 녹음을 하고, 짜인 안무를 받고, 연습해서 정식 발표를 한다. 그렇게 하기까지 걸리는 시간이 6개월이었다. 물론 일반적으로 그렇다는 것이니 그보다 짧을 수도 있고 그보다 길 수도 있다. 그렇기에 2012년에 나올 노래들은 사실상 포기해야 한다.

'크으, 아쉽구만. 2012년이면 강남… 뭐더라? 오래돼서 기억이 안 나네. 아무튼 그게 나오는데.'

현일은 머리를 싸매고 손을 휘저었다. 무척 아쉬웠다.

그 노래의 뮤직비디오는 유튜브 역사상 최초로 조회 수 10억을 돌파하고 2020년에는 결국 50억을 찍은 것으로 기억하고 있다.

현일도 어디선가 주워들었을 뿐인 얘기지만 말이다.

'그 노래 하나만 만들면 평생 아무것도 안 해도 사치 부리면서 살 수 있을 텐데. 쩝.'

어쩔 수 없다. 현일은 아쉬운 마음에 입맛을 다셨다. 그래도 다행인 것은 2012년에 그리 히트곡이 많지 않았다는 것이다.

강남 뭔가를 제외하면 사실 2012년은 대중음악계의 슬럼프라고 봐도 무방했다. 이건 기회였다. 현일의 재능을 만천하에 널리 알릴 수 있는 기회.

음악의 정체기에 빵 하고 터뜨릴 수 있는 곡을 발표한다면?

그러기 위해선 신인 가수도 단숨에 스타덤에 올릴 수 있을 만한 노래가 필요했다. 그리고 마침 현일의 뇌리에 그런 적당한 노래가 떠올랐다.

'좌우!'

좌우.

2014년에 MAXID의 데뷔곡인 좌우는 단순하지만 무심코 흥얼거리게 만드는 중독적인 가사와 비트로 맥시드를 일약 스타로 만들었다. 비록 멤버 중 한 명이 다른 멤버들보다 크게 뜨긴 했지만 전체적으로 그룹과 회사에 큰 성공을 가져다주었다. 게다가 앞으로 3년 후에야 나올 노래라 안전하다고 볼 수 있었다.

'무엇보다 이성호 그 개자식이 만든 노래이기도 하지.'

이성호.

SH엔터테인먼트의 사장이자 프로듀서인 그를 떠올리기만 하면 현일은 분노가 치밀었다.

현일에게 마수를 뻗은 것도 그였고, 동생의 일 전부터 일류 프로듀서로 키워주겠다는 약속을 한 것도 그였다. 현일은 그 약속을 빌미로 몇 년 동안이나 그의 등잔 밑에서 편곡 기계로 써먹혀야 했다. 게다가 마지막엔 블랙베일 걸스의 음반까지.

불행한 과거였다.

그 정도 노력이면 분명 푸시를 해줄 만도 하건만, 이성호 사장은 현일의 단물만 쪽쪽 빨아먹고 내쳐 버렸다.

그렇게 종합적으로 따져봤을 때 지금 당장은 '좌우'보다 좋은 노래가 없었다.

물론 이성호는 다른 노래를 만들 것이다. 그리고 그 또한 성공할지도 모른다. 하지만 언젠가 이성호가 자신에게 무릎을 꿇게 될 날이 올 것이라 믿어 의심치 않았다.

"이성호 씨, 두고 봅시다."

현일의 눈에 불꽃이 이글거린다.

# Chapter 2

오토튠

"끄응, 베끼는 일이 생각보다 힘드네."

현일은 하품을 하고 몰려오는 피로를 쫓아내기 위해 기지개를 켰다.

"아아아! 후우우……."

작업이 끝났다.

그저 머릿속에 있는 멜로디를 그대로 따라서 음원을 짜면 될 뿐인데 의외로 오래 걸렸다. 절대음감을 가졌다면 모를까, '좌우'의 기본적인 코드도, 무슨 악기를 사용했는지도 모르는 상황에서 뇌 한구석의 기억까지 꾸역꾸역 짜내는 게 여간 어려운 일이 아니었다. 심지어 베이스와 같이 보컬이나 다른 악기에 묻혀 버리게 되는 사운드까지 곡의 분위기에 맞춰야 했으니 이건 아예 창작이나 다름없다는 생각이 들 정도였다. 아니, 실제로 베이스 파트는 창작이다.

'모방은 창조의 어머니라더니 딱 그 짝이군.'

MR을 만들었으니 이제 보컬만 들어가면 완성이다. 현일은 마이크를 들었다. 노래는 전문 분야가 아니니 마음 같아선 가수를 데려다 쓰고 싶었지만 어쩌겠는가. 현일은 무명 작곡가인 것을.

'뭐, 요즘은 컴퓨터만 있으면 음치도 일류 가수로 만들 수 있으니까.'

현일이 완성한 MR을 틀었다. 이젠 AR(All Recorded)을 완성할 때였다.

―좌, 우, 좌, 좌, 우…….

그렇게 녹음에 열중하고 있던 현일은 울리는 전화벨 소리에 작업을 멈춰야 했다.

삐리리리~

"어, 영서야."

―형, 저녁 사준다며?

현일은 벌써 시간이 그렇게 되었나 생각하며 시계를 보았다. 오후 6시 20분이다.

"지금 바로 나갈게. 우리가 자주 가던 데 있잖아. 어, 맞아. 거기로 나와."

―어, 알았어.

＊　　＊　　＊

"왔냐?"

"응."

현일은 언제나 그렇듯 동생에게 간단하게 인사하고 머리를 쓰다듬었다. 영서가 그에 대한 대답으로 빙긋 웃어 보였다. 그러자 가슴 한편이 아려왔다. 지금 영서의 몸속에선 백혈병이 싹트고 있을 것이다.

'이렇게 건강한 녀석이……'

현일은 영서가 병상에 누워 있을 때의 기억이 떠올랐다. 정확히는 영서가 한 말이.

'형, 나 있잖아, 가수가 되고 싶었어. 형이 써준 노래를 부를 수 있었다면 정말 좋았을 텐데……'

또다시 울컥해졌다. 울먹이는 소리가 목 끝까지 차올랐지만 가까스로 억눌렀다.

'그래, 꼭 그렇게 만들어줄게.'

현일은 다짐했다. 언젠가 자신이 만들어준 곡을 영서가 부를 때, 그 순간 전국을 열광시키리라고.

영서가 입을 열었다.

"형, 오늘 일부러 점심 굶고 왔거든? 많이 먹어도 상관없지?"

"어, 어, 그래그래. 먹고 싶은 만큼 먹어."

영서를 보며 현일은 그저 웃을 뿐이었다.

"후우……."

현일은 집에 돌아오자마자 옷을 갈아입은 후 고기 냄새가 잔뜩 밴 옷을 세탁기에 넣고 의자에 털썩 앉았다.

마음이 착잡했다.

영서의 상태를 본인에게 말해야 했을까? 어떻게?

'너 백혈병이야', 또는 '건강은 중요하니 병원에 가서 건강검진 한번 받아봐' 이렇게 말해야 했을까? 현일은 영서와 저녁을 먹으면서 그런 고민을 수도 없이 했다. 그 탓에 음식이 입으로 들어가는지 코로 들어가는지도 모르고 먹었다.

'됐어. 작업이나 하자.'

현일은 부담감을 털어 버리기 위해 신경을 다른 데로 돌렸다.

'아까 부르던 거나 들어볼까.'

현일은 자신의 목소리로 녹음한 '좌우'를 재생했다.

─자꾸 왼쪽, 오른쪽으로 흔들리는 나~

"으윽!"

현일은 노래를 들으니 손발이 오글거렸다.

사실 다른 사람이 듣는 자신의 목소리와 자신이 듣는 자신의 목소리는 사뭇 다르다.

즉 자신의 목소리를 녹음하고 그것을 들으면 타인에게 자신의 목소리가 어떻게 들리는지를 알 수 있는데 그 괴리감이 결코 작지 않았다. 그리고 무엇보다…….

'어, 음… 내가 이렇게 노래를 못했나?'

처음부터 손을 볼 생각이긴 했지만, 좀 더 시간이 걸릴 것 같았다. 어쩌면 '좌우'를 작곡하던 것보다 더 걸릴지도 모른다. 보컬 이펙트를 예정보다 조금 더 넣어야 들어줄 만할 것이다.

'참, 이거 여자 노래였지. 하하!'

그렇게 자신을 위로했지만 사실 '좌우'는 여자 노래치고 키가 높은 편이 아니었다. 남자도 어렵지 않게 따라 부를 수 있는 수준의 노래였다. 그 점이 '좌우'를 히트시키는 데 한몫을 했다는 것도 사실이었다.

'일단 기본적으로 리버브(Reverb: 소리에 울림이 형성되는 것과 같은 효과)는 당연히 넣고, 에코(Echo: 반사음, 즉 메아리 같은 효과)도 살짝만 넣고, 그다음은… 대망의 오토튠이다!'

오토튠은 가수가 음원을 녹음할 때 불안정한 음정을 잡아주기 위해 개발된 프로그램이다. 디지털 기기가 발달하지 않은 옛날에는 보컬이 녹음을 하면 최적의 음원이 나올 때까지 몇 번이고 반복하며 앨범을 제작했지만, 어느 날 혜성과도 같이 등장한 오토튠은 녹음에 걸리는 시간을 획기적으로 줄여주었고 무능파(?) 가수들의 부족한 노래 실력을 감춰주는 데 최적화된 역할을 했다. 지금의 현일처럼.

현일은 자신의 목소리를 보정하기 위해 쉴 새 없이 손을 놀려댔다.

이렇게 보정하고, 저렇게 다듬고, 다시 들어보고.

'쯧, 아직 부족한데.'

그때 현일의 눈이 반짝였다.

"어? 뭐지, 이건?"

목소리의 그래프가 보였다. 아니, 오토튠을 사용하면 그래프가 보이는 게 당연하다. 원래 그렇게 그래프를 자동, 혹은 수동으로 수정하는 프로그램이니까.

한데 현일의 눈에 보이는 그래프는 좀 달랐다. 원래 자신의 목소리를 나타내는 그래프와 초록색의 미세하게 보이는 또 하나의 초록색 그래프. 이것은 대체 무엇일까.

'내가 좀 피곤한가?'

현일은 두 눈을 비볐다. 그리고 다시 떴다.

그래도 여전히 보이는 초록색의 그래프. 현일은 오만상을 하고 모니터에 얼굴을 들이댔다.

현일이 안구에 잔뜩 힘을 주고 집중하자 초록색의 그래프가 좀 더 선명하게 보였다. 현일은 밑져야 본전이라는 심정으로 그 초록색을 따라 목소리의 그래프를 맞춰갔다. 그 모습이 언제나 해오던 것인 듯 아주 자연스러웠다.

그러자 검은색과 초록색의 무수한 선들이 만나 영롱한 푸른색의 그래프를 이루었다. 마치 세기의 천재 화가가 오로지 파란색 물감만으로 도화지를 물들인 것처럼.

'이건……'

어째서일까. 현일은 자신도 모르게 이 '의문의 오토튠'을 제외한 모든 보컬 이펙트를 과감히 빼고 재생했다.

그리고 경악했다.

"이건… 뮤즈의 강림이야!"

현일이 무릎을 손바닥으로 한 번 탁 치고는 자리에서 벌떡 일어났다. 얼떨떨했다. 원래 아무리 오토튠으로 보정을 가해도 원본이 다소 허접하다면 목소리가 좀 달라지거나 음이 왜곡되는 등 티가 나게 마련이다. 일반인의 귀에는 몰라도 전문가라면 확실히 알 수 있을 것이다. 그런 현일도 십수 년 동안 나름 음악업계에서 전문가라 자부했고, 실제로도 여러 사람에게 인정받은 자타가 공인한 작곡가였다.

그럼에도 들리지 않았다. 조금의 흠도.

다른 유명한 프로듀서에게 들려준다면? 그도 알 수 없을 것이다. 현일은 왠지 모르게 그런 확신이 들었다.

현일에게서 마치 오라처럼 비장한 분위기가 풍겨져 나왔다.

'이렇게 멍이나 때리고 있을 때가 아니지.'

이내 정신을 차리고 다시 자리에 앉은 현일.

그는 무아지경에 돌입했다.

자신이 아는 노래를 머릿속에서 떠오르는 대로 부르고, 녹음하고, 오토튠으로 보정하고, 듣기를 반복했다. 그것은 세상에서 가장 아름다운 목소리였다. 무상음색(無上音色)이 있다면 바로 이를 두고 칭함일 것이리라. 현일은 그렇게 생각했다.

하지만 현일은 무언가를 깨닫고야 말았다.

'그래서 뭐?'

그렇다. 오토튠을 잘 만지는 게 뭐 어떻다는 건가? 사실 그건 시간만 들이면 누구나 할 수 있는 일이다. 단지 누구보다 빠르고 정확하게 최적의 그래프를 그릴 수 있다는 것뿐. 그저 믹싱(이펙트를 삽입하는 등 전체적인 사운드의 조화를 다루는 것) 작업 아르바이트에나 써먹기 딱 좋은 능력 그 이상도 이하도 아니었다.

하지만 성과가 아주 없는 것은 아니었다. 일단 보컬 파트로 먼저 멜로디를 잡으니 MR을 만드는 것이 전보다 훨씬 순조로웠다.

'내 음악 인생의 대부분은 여태껏 작곡이었으니…….'

현일은 가사 또한 직접 써본 적이 있었으나 그 곡의 반응이 영 시원찮아 그 뒤로 작사에는 손을 대지 않고 살았다. 하지만 이번 일로 작사와 작곡을 동시에 하는 것도 나쁘지 않을 거란 생각이 들었다.

'가사를 먼저 쓰고 곡을 써볼까?'

꽤 괜찮은 아이디어였다. 실제로 작사가에게서 가사를 먼저 받고 그에 맞춰서 곡을 만든 적도 여러 번 있었으니까. 그저 현일 본인이 작사와는 거리가 요원했을 뿐.

하지만 그건 훗날의 이야기다. 지금은 표절(?)에 집중해야 하니 한동안 가사를 쓸 일은 없을 것이다.

'어쩌면 가까운 시일 내에 그런 날이 올지도?'

어쩌면 말이다. 어쩌면.

그러나 한 가지는 확신할 수 있었다.

무언가 자신에게 특별한 일이 일어났다는 것. 10년 전으로 돌아온 것부터 이상한 그래프까지.

"신이십니까? 계세요, 하나님, 예수님, 부처님, 알라신님, 주신님, 창조신님?"

현일의 학창 시절, '정말 사후 세계가 존재할지도 모르니 모든 종교에 한 발짝씩 걸쳐놔라'는 영어 선생님의 조언에 어느 정도 납득했던 현일이 천장을 쳐다보며 자신을 지켜보고 있을지도 모를 누군가와의 대화를 시도했다.

"내가 무슨 헛소리를 하고 있는 건지……."

과거로 돌아온 것, 그리고 오토튠에 대해 고민한다고 해서 뭔가 알 수 있는 것은 아니었다. 이내 현일은 상념을 떨쳐 버렸다.


작곡가인 현일에게 영감만큼이나 필요한 것.

가수.

그렇다. 곡을 만들었다면 그다음은 그것을 불러줄 가수가 필요했다. 물론 여러 게임이나 영화의 OST처럼 가사가 없는 음악도 다수 존재하지만 현일은 과거부터 지금까지 그런 쪽 음악에 발을 들이고 싶다는 생각은 해본 적이 없었다. 유명한 영화 감독이나 게임 회사에서 제 발로 찾아와서 의뢰를 해준다면 몰라도.

유감스럽게도 당장의 현일에겐 그러한 명성이 없었다.

이미 명성이 자자한 프로듀서가 음악업계에서 굳건하게 자리 잡고 있는 만큼 무명 작곡가인 현일에게 곡을 써달라고 의뢰할 기획사나 가수가 존재할 리 없었다.

실제로 현일이 최근 며칠 동안 대형 기획사부터 시작해 중소 기획사까지 두루 전화를 해보며 뼈저리게 얻은 결과였다. 물론 SH엔터테인먼트는 제외하고 말이다.

그저 얻은 소득이라고는 '그럼 언제 한번 연락드릴게요, 수고하세요'라는 기약 없는 약속뿐이었다.

그렇다면 남은 해답은 발로 뛰는 것뿐.

무명 기획사나 무명 가수라면 이야기가 달라진다. 비록 지금은 아무도 아는 사람이 없지만 현일과 함께 밑바닥에서 시작해 차근차근 피라미드의 정점까지 밟고 올라설 기회만을 손꼽아 기다리고 있는 뮤지션이 어딘가에는 존재할 것이다.

현일은 분명 그렇게 생각했다. 그러나 현실은 잔혹한 법.

"안녕하십니까, 노래 잘 들었습니다."

"아, 네, 안녕하세요. 그런데 누구신지……?"

"작곡가인 최현일이라고 합니다. 다름이 아니라……."

"괜찮습니다. 이미 작곡은 제가 알아서 하고 있습니다."

"분명히 마음에 드실 겁니다. 딱 한 번만 들어보시면……."

"아, 됐다니까요! 저 바쁘니까 말 걸지 마세요!"

바로 이렇게 말이다.

이곳은 홍대의 어느 라이브 클럽이다.

현일은 어설프게 만든 자신의 명함을 청객의 반응이 좋은 여러 뮤지션에게 나눠 주고 있었지만 그 누구도 현일에게 관심을 주지 않았다.

'진정한 가수라면 자신의 노래를 불러야 하는 거 아닌가욧! 흥!'이라든지 '말씀은 고맙지만 이미 함께 일하고 있는 사람이 있어서요' 등의 이유였다.

물론 '아, 예. 언제 한번 연락드리겠습니다'가 가장 많았지만 말이다. 그들은 그렇게 말하면서 현일에게 못 미덥다는 표정을 지어주는 것 또한 잊지 않았다.

"후우… 쳇, 죄다 자기만 잘난 줄 아는구만. 스티브 잡스가 존 스컬리를 끌어들이는 건지도 모르고 말이야. 안목들이 없어요, 안목이."

결국엔 존 스컬리가 스티브 잡스를 애플에서 쫓아내 버렸지만.

그러거나 말거나 아무런 성과도 얻지 못한 현일은 담배 연기를 한 모금 내뿜으며 투덜거렸다.

자신이 미래를 알고 있는 이상 무언가 일을 벌이고 말 것이라는 건 본인이 가장 잘 알았다. 하지만 언젠가 나올 수많은 히트곡을 다 알면 뭐 하는가? 정작 불러줄 사람이 없는 것을.

'…내가 한번?'

잠시 헛된 꿈을 꿔본 현일의 팔에 소름이 돋았다. 앞으로 그런 망상은 절대 하지 않겠다고 다짐했다.

"어휴, 춥다. 벌써 11시가 넘었네. 택시!"

담배꽁초를 대충 어딘가로 던져 버리고 현일은 결국 귀가를 결정했다. 결국 빈손으로 돌아가게 되었지만 어쨌든 내일도 해가 뜰 테니까.

\* \* \*

"여기서 세워주시면 돼요."

현일은 살고 있는 원룸 단지 입구에서 좀 떨어진 곳에 차를 세웠다.

"예에~"

녹색 종이 한 장으로 파란 종이 몇 장과 둥그런 금속 몇 개를 만들어내는 기적을 일으킨 연금술사 최현일.

'에휴, 다음부턴 버스를 타든가 해야지, 원……'

아직 아무것도 보장이 없는 상태에서 최대한 소비를 줄여야 했으니 왕복하는 데 드는 택시비가 아까울 수밖에 없었다.

현일은 그렇게 아쉬워하며 단지 내를 걸었다. 그리고 현일이 자신이 살고 있는 동에 다다랐을 즈음, 얼마 전 본 취객의 모습이 보였다. 익숙하다고 해야 할까? 소주병을 한 손에 움켜쥐고 있는 것은 같았지만, 그는 원룸 단지 후문 근처의 정자에 앉아 어째선지 고개를 푹 숙인 채 다른 손으로 눈을 덮고 있었다. 아마도 눈물을 흘리나 싶다.

'왠지 며칠 전의 나를 보는 것 같네.'

청년에게서 자신의 모습을 본 현일이 그에게 다가갔다. 도대체 무엇이 그를 이토록 서럽게 만드는 걸까. 궁금해진 현일이 그에게 물었다.

"저기요."

"흑, 흐윽……"

"저기요?"

"……."

아무 반응이 없자 현일이 이맛살을 찌푸렸다.

'뭐, 나랑은 상관없는 일이지.'

괜한 오지랖을 부렸나 싶어 관심을 끄고 발걸음을 돌릴 때였다.

"왜요?"

뒤에서 들려온 대답에 현일이 확 고개를 돌렸다.

"어?"

얼굴을 치켜들고 자신을 응시하는 우울한 청년의 얼굴을 본 현일이 그에게 삿대질을 했다.

현일의 눈이 휘둥그레졌다.

"당신은……."

Chapter 3
한준석

현일은 우울한 청년의 목소리를 들을 때부터 어디선가 들어 본 것 같다는 느낌이 머릿속에 팍하고 꽂혔다.

"저 아세요?"

청년은 마치 자신을 잘 안다는 양 행동하는 현일에게 의문을 표했다.

"아, 그게 말입니다……."

현일은 '아차!' 하며 재빨리 머리를 굴렸다. 어떻게 저 사람을 자연스럽게 납득시킬 수 있을까? 자신의 머리에서 저 사람에 대한 적당한 기억을 뽑아내야 했다.

"혹시 한준석 사장님 아니십니까?"

현일의 질문에 한준석이라 불린 청년은 화들짝 놀라는 기색이 역력했다.

"저 아세요?"

부정의 대답이 아닌 같은 의문을 반복하는 청년은 현일이 아는 한준석이라는 사람이 맞는 듯했다.

"아, 예. 알고 있습니다."

왜 모르겠는가? 그 한준석을.

공교롭게도 한준석은 현일이 회귀하기 전, SH엔터테인먼트에 몸을 담고 있었다. 그렇다고 해서 현일과 이성호처럼 모종의 악감정이 있는 사이는 아니었다. 그저 현일이 SH엔터테인먼트의 문을 자주 드나들 때 몇 번 마주친 적이 있는, 딱 그 정도의 인연이었다.

그러나 한준석의 명성은 기억하고 있었다.

젊은 나이에 사업에 뛰어든 그는 넘어져도 다시 일어서길 수차례 반복했다. 일곱 번째 넘어졌을 때, 전처럼 다시 일어나지는 못했으나 SH엔터테인먼트에 스카우트되어 기어코 임원직까지 고속 승진한, 수완 좋은 경영인이었다. 그리고 지금이 한 대여섯 번째쯤 무너진 직후의 시점이 아닐까 현일은 조심스럽게 추측했다.

그저 그러려니 한 이야기에 처해진 상황을 실제로 보게 되니 새삼 놀랍기도 하고 그가 불쌍해 보이기도 했다.

'그래도 설마 그 한준석이 같은 원룸 단지에서 살고 있을 줄이야.'

그 사실을 왜 회귀 전에는 몰랐을까 궁금했지만 이내 어렵지 않게 답을 떠올렸다. 그땐 한창 작곡을 공부하고 있을 때라 집 밖에 나올 일이 드물었으니까.

그러던 현일이 좋은 생각이 떠오른 듯 청년에게 후다닥 다가가 입을 열었다.

"한준석 사장님 맞으시죠?"

"예, 맞습니다만 누구신지……."

한준석은 얼른 자신의 머릿속에서 이 남자의 얼굴을 되짚었지만 인생 동안 이런 사람을 마주친 기억은 없었다.

"사장님, 저와 함께 일을 해보시지 않겠습니까?"

한준석은 다짜고짜 자신과 일을 하자는 현일을 보며 당황스러운 표정을 지었다. 무슨 일을 같이하자는 것일까? 사업을? 또 망할지도 모르는데?

한준석은 그렇게 생각했지만 현일의 생각은 달랐다.

"작곡가인 최현일이라고 합니다. 사장님, 사장님의 사업이 요즘 좀 잘 안 되고 있다는 것은 압니다."

한준석이 인상을 찌푸렸다. 자신을 아는 건 둘째 치더라도 그래서 뭐 어쩌란 말인가. 놀리기라도 하려는 것일까?

"그러나 전 사장님이 미래… 가 아니고 사장님께는 훌륭한 기업인으로서의 잠재력이 있다고 믿습니다."

현일은 입안에 고인 침을 삼키고 말을 이었다.

"저와 같이하신다면 절대 후회는 안 하실 겁니다. 훗날 저와 같이 일하기를 잘했다는 생각이 들게 해드리겠습니다."

현일은 수첩을 부욱 찢더니 자신의 전화번호를 적어 한준석에게 건넸다.

어, 어 하는 사이에 손에 연락처를 받아 든 한준석이 입을 열었다.

"작곡가시라구요? 뭐 저보고 가수라도 되라는 말입니까?"

"아뇨. 같이 최고의 엔터테인먼트 기업을 만들어보자는 거죠."

"쳇, 말도 안 됩니다. 제가 무슨……."

한준석이 허공에 손을 휘휘 저으며 부정했다. 그런 한준석을 보는 현일의 눈은 오히려 더욱 밝게 빛났다.

"사장님… 실패하는 인생만 사시겠습니까, 아니면 저와 함께 이 세상을 바꿔보시겠습니까?"

그러자 한준석이 매섭게 현일을 노려봤다. 현일은 다시 침을 꿀꺽 삼켰다.

현일이 이토록 한준석을 설득하는 이유는 다름이 아니었다.

한준석이 실제로 유능하기 때문이기도 했지만 무엇보다 그를 가만히 놔두면 언젠가 SH엔터테인먼트에 들어가 이성호에게 큰 이익을 안겨줄 것이기 때문이다.

또한 현일은 이왕 독해지기로 한 것, 히트곡만이 아니라 SH엔터테인먼트의 숨은 인재도, 가능하다면 장래가 촉망한 가수들까지 죄다 빼앗으리라고 마음먹었다.

'그 첫 번째 타깃이 바로 한준석이 되다니.'

이건 천재일우의 기회였다. 첫 번째인 만큼 더더욱 놓치고 싶지 않았다. 현일이 재차 입을 열었다.

"6개월… 6개월입니다. 그동안 인터넷에 제 이름을 수시로 검색해 보시면 알게 될 겁니다."

현일은 자신을 응시하는 한준석에게 고개를 한 번 끄덕였다.

그는 조용히 현일의 얼굴과 건네받은 연락처를 몇 번 번갈아 보더니 이내 자리에서 일어나 자신의 집으로 돌아갔다. 술병은 놔두고 종이는 손에 꽉 쥔 채로.

한준석이 시야에서 사라질 때까지 현일은 그의 축 처진 뒷모습을 바라봤다.


현일은 집에 돌아와 침대에 누워 생각을 정리했다.

그도 SH엔터테인먼트의 모든 것이 싫은 건 아니었다. 실제로 아무 죄가 없을 MAXID와 그 외 여러 사람에게는 일말의 미안한 감정이 없지 않았다. 그러나 일단 현일은 그 부분에 대해선 눈을 감고 귀를 막기로 결정했다.

'그냥… 이성호란 사람을 잘못 만난 겁니다, 여러분.'

현일은 합리화를 했다. 그렇게라도 하지 않으면 안 될 것 같았다.

'잠이나 자자.'

현일은 눈을 스르륵 감았다.

# Chapter 4
이하연

'10대들이라면 작곡가라는 단어에 혹할 법도 한데 말이지.'

마음 같아선 인근의 고등학교에라도 가서 캐스팅이라도 해보고 싶었지만 교문 앞을 어슬렁거리는 현일을 수상하게 여긴 선도부 교사에게 쫓겨나지나 않으면 다행일 것이다.

순간 가수가 되고 싶다던 영서의 말이 떠올랐지만 고개를 저었다. 만에 하나 영서를 키워서 성공한다 하더라도 그 후에 자신이 백혈병에 걸렸다는 것을 알게 되면 가수 활동이 힘들어질뿐더러 영서가 충격을 감당하지 못하고 무너져 버릴지도 모른다. 만약 그렇게 된다면 타격은 더 치명적일 수 있었다.

'영서 말고 영서의 친구라도 있으면 좋을 텐데……'

현일은 혹시나 하는 심정으로 동생에게 전화를 걸었다.

―어, 형?

"영서야, 혹시 네 주변에 가수되고 싶다는 사람 없어?"

―가수? 아! 어, 그게…….

"응? 뭐야? 있는 거야?"

가족 좋다는 게 이런 것이 아닐까. 현일은 생각했다. 학교에서 밴드부라든가 축제 때 노래 좀 잘 부른다는 소리를 듣는 친구라도 있으면 금상첨화일 것이다.

―음, 있다고 해야 할지…….

"확실하게 말해봐. 있어, 없어?"

―있어.

침대에 누워 있던 현일이 상체를 벌떡 일으켰다. 아니, 그런 사람이 있으면 작곡가인 형에게 한번 말이라도 던져봤어야 하는 것 아닌가.

"누군데?"

―하연이.

이하연.

현일도 몇 번 본 적이 있다. 영서의 여자 친구이다. 외모도 좋고 성격도 좋으니 노래만 잘한다면 어떻게 해볼 수 있을 것도 같았다. 그런 스타성이 있을지도 모를 그녀에게 현일이 노래만 잘 매치시켜 준다면 숨겨져 있는 재능을 뽑아낼 수 있을지도 모른다고 생각했다.

"지금 만날 수 있어?"

＊　　　＊　　　＊

"형, 여기."

영서와 카페에서 만나기로 한 현일이 문을 열고 들어서자 영서가 창문가 테이블 쪽에서 손짓했다. 다가온 현일에게 영서의 여자 친구가 인사를 해왔다.

"안녕하세요, 오랜만에 뵙네요."

"어, 그래. 오랜만이다, 하연아. 주문은 했어?"

"커피 석 잔 나왔습니다."

현일의 물음과 동시에 카운터에서 종업원의 목소리가 들렸다. 일어나려는 영서에게 빙긋 웃으며 앉아 있으라고 손짓한 현일이 카운터로 다가가 커피를 가져왔다.

세 사람의 이야깃거리가 점점 사라질 때 즈음, 현일이 본론을 꺼냈다.

"그럼 이야기나 한번 들어볼까? 가수가 되고 싶다고?"

"네, 그러니까⋯⋯."

그녀는 어릴 때 학교의 노래 동아리에 들어가 가수의 꿈을 꾸게 되었다고 한다. 그렇게 집과 동아리실에서 꿈을 이루기 위한 노래 연습을 하기를 몇 년, 여러 기획사에서 오디션도 봤지만 불행히도 합격하지 못했다.

라이브 클럽이나 소소한 무대 정도는 서봤다고 하지만 그뿐, 지금에 이르러서는 가수의 꿈은 거의 자포자기 상태라고 한다.

'즉, 현재는 백수나 마찬가지라는 뜻이군.'

엄밀히 따지면 아르바이트는 하고 있으니 백수는 아니지만 말이다. 현일이 사정을 잘 알겠다는 듯 고개를 몇 번 끄덕였다. 현일은 속에 품고 있던 의문을 밝혔다.

"영서에게 내가 작곡가라는 말 들은 적 없어?"

"드, 들었죠. 언젠가는 한번 찾아뵈려고 했어요. 그저 그게 최소한 데뷔한 뒤라면 좋지 않을까 해서……."

그녀가 말을 더듬으며 말꼬리를 흐렸다.

사실 현일이 못 미더운 감정도 있었다. 이하연이 듣기로 현일이 학창 시절부터 시작해 작곡의 길에 뛰어든 지가 10년이 넘었다고 했다. 그런데도 아직까지 이렇다 할 성과가 없는 걸 보면 그럴 수밖에 없다.

현일도 그러한 이하연의 본심을 얼핏 알아차렸지만 내색하지는 않았다. 커피를 홀짝이던 현일이 무언가 생각난 듯 물었다.

"혹시 지금 노래 불러볼 수 있어?"

현일은 모종의 기대를 가지고 있었다.

일전의 능력. 반드시 모니터를 봐야만 하는 것일까? 어쩌면 사람에게서 직접 볼 수 있지 않을까?

그 초록색의 그래프를 말이다.

며칠 전의 라이브 클럽에서는 워낙에 정신없이 뛰어다니느라 그런 생각을 할 수도 없었지만 지금은 여유가 있었다.

현일의 제안에 이하연이 병 찐 표정이 되었지만 현일은 아무렇지도 않게 말을 덧붙였다.

"뭐 어때, 사람도 없는데? 종업원뿐인데 한번 해봐."

"네? 아무리 그래도 그건 좀……."

부담스러워하는 이하연의 말을 현일이 가로챘다.

"가수가 되고 싶다며?"

"……."

"사람들 앞에서 노래하는 게 부끄럽다면 어떻게 가수가 되겠어?"

"형!"

현일의 도발에 영서가 발끈했다. 그에 현일은 손바닥을 펼쳐 보여 가만히 있으라는 뜻을 내비쳤다.

이하연은 뭔가 반박을 해보고 싶었지만 아무 말도 할 수 없었다.

'틀린 말은 아니지만…….'

현일이 갈등하는 이하연을 재촉했다.

"빨리 해봐."

머뭇거리던 이하연이 이내 마음을 굳혔는지 한숨을 쉬고는 목을 가다듬었다.

"큼, 크흠! 그럼 해보겠습니다. 내일의 태양이 떠오르는 것처럼~ 나도 저 하늘을 자유롭게~ 나!"

'나'에서 음 이탈이 났다. 갑자기 노래를 부르는 이하연을 묘하게 쳐다보던 종업원이 소리 내어 뿜는 웃음이 들렸다. 하지만 현일이 쳐다보니 고개를 숙이고 주방으로 도망가 버렸다.

순식간에 이하연의 얼굴이 새빨개져 두 손으로 얼굴을 감췄다. 그런 이하연을 영서가 다독였다.

그럼에도 불구하고 현일은 입가에 미소를 띠고 있었다.

'역시!'

음 이탈이 웃겨서가 아니라 현일의 바람대로 그래프가 보였기 때문이다. 비록 며칠 전 그때처럼 선명하지는 않았지만 안구에 최대한 힘을 주고 집중하자 흐릿하게나마 검은색과 초록색의 그래프가 펼쳐졌다.

잘 보이진 않았지만 알 수 있었다.

이하연의 그래프는 전체적으로 초록색에서 약간씩 벗어나 있다는 것을 말이다.

심지어 음 이탈을 낸 부분에서는 그래프가 아예 붉은색으로 변했다.

사실 현일도 확신을 가진 것은 아니었다.

만약 신이든 누구든 어떤 형태로든지 우주의 절대자가 존재한다 치고, 그 존재가 왜 하필이면 자신을 과거로 돌려보내고 음악적인 능력을 주었을까? 그 문제는 인간인 자신이 알 수는 없을지도 모른다.

그러나 이 '능력'을 오토튠이나 만지라고 주었을까? 과거로 돌아가서 평생 믹싱 알바나 하라고?

'설마 신쯤 되는 양반이 쓸데없이 나에게 그런 가혹한 시련을 줄까.'

현일이 상념을 떨쳐 내고는 이하연에게 물었다.

"그 노래, 자작곡인가?"

"…네, 이상한가요?"

"아니, 괜찮은 곡인데… 뭐라고 해야 할까? 너한텐 잘 맞지 않는다는 생각이 들어서."

"그런가요?"

현일은 고개를 끄덕였다. 이건 노련한 작곡가로서의 감이었다. 비록 앉아 있는데다 사전 준비의 부재 등 여러 가지 변수가 있긴 하지만 발성, 창법에는 문제가 없었다. 그리고 무엇보다 현일의 그래프가 그 사실을 증명해 주고 있었다.

'검은색 그래프와 초록색 그래프의 전체적인 파형(물결처럼 기복이 있는 음파나 전파 따위의 모양)은 비슷한데 높낮이가 달라.'

초록색의 그래프가 더 높으니 이하연은 본인 목소리의 톤보다 낮게 부른 것이다. 현일은 이하연이 자신의 실력을 믿지 못하고 일부러 키를 낮춘 것이 아닐까 생각했다. 현일의 눈이 빛났다. 이하연은 정말로 가능성이 있을 것 같았다.

"언제 한번 영서랑 같이 우리 집으로 와봐. 이대로 포기하는 것보단 뭐라도 해보는 게 낫지 않겠어?"

"……."

이하연은 그저 고개를 끄덕일 뿐이었다. 얼굴엔 전혀 동의한다는 뜻이 없었다.

"가사 좀 보여줄래?"

나름 아예 생각이 없는 건 아닌지 이하연은 가방에서 상단에 'Sunrain'이라고 적혀 있는 A4용지를 꺼냈다.

현일은 종이를 받아 들고는 가사를 보자마자 오만상을 했다. 뭔가 자신의 내면의 어떤 것과 싸우기라도 하는 것처럼 말이다.

그런 현일을 보며 영서는 생각했다.

'형, 급하면 화장실을 가.'

하지만 이내 현일이 만족한 표정을 지으며 종이를 고이 접어 주머니 속에 갈무리하고는 품속에서 꺼낸 연락처를 이하연에게 주며 말했다.

"하연아, 음악은 그저 취미 생활로 남겨놓고 가수의 꿈을 포기할 수도 있어. 하지만 말이야, 언젠가 벽에 부딪혔을 때, 너에게 절박함이 찾아왔을 때 한번 전화기를 들고 이 번호를 눌러 봐. 너무 부담 갖지 말고. 너한테 이런 선택지도 있다는 걸 알려주고 싶은 거니까."

그렇게 말하는 현일의 표정은 영서가 보기에도 어느 때보다 온화해 보였다.

'꽤 믿음직해 보이네.'

원래부터 좋은 사람이었지만 오늘은 더욱더 그렇게 보였다. 영서는 방금 전 현일에게 화를 낸 것에 미안한 감정이 들었다. 자신을 위해 누구보다 애써주는 사람이 바로 현일인데 말이다.

"⋯네."

이하연의 대답을 들은 현일이 자리에서 일어나며 말했다.

"그럼 커피 맛있게 먹고 재밌게들 놀아. 혹시 생각 있으면⋯ 응? 알았지?"

현일은 그렇게 말하고는 영서와 이하연의 시간을 위해 카페에서 나왔다.

*      *      *

이하연은 스타가 된다는 화려한 삶의 꿈은 거의 포기해 버렸지만 마지막까지 음악에 대한 열정은 간직하고 있었다.

"내일의 태양이 떠오르는 것처럼~ 나도 저 하늘을 자유롭게~ 날아갈 거야~!"

이하연은 조촐한 라이브 클럽에서 아르바이트를 하며 생계를 연명하고 있었다.

사람들에게 자신의 노래를 들려주고 싶던 이하연은 클럽의 매니저에게 무대를 정리하기 전에 한 곡 정도만 노래를 부를 수 있도록 해달라고 부탁했고, 매니저도 나름 인정이 있는 사람이어서 흔쾌히 허락해 공연을 마칠 때쯤이면 언제나 무대에 올라 노래를 불렀다.

비록 이미 예정된 공연이 다 끝난 후인지라 이하연의 공연을 봐주는 사람은 별로 없었지만 그래도 이게 어딘가 하는 마음으로 기타를 들고 노래를 부르곤 했다.

사실 처음엔 이하연의 외모에 관심을 가지거나 마지막 공연이라는 이유로 청객들이 꽤 많이 있었지만 하루 이틀 지날수록 그 수가 점점 줄어들더니 결국 오늘의 관객은 여섯 명밖에 남지 않았다.

'하아, 조금씩 응원해 주던 사람들도 다 떠나가는구나.'

그런 이하연의 노래에는 일말의 열정조차 담겨 있지 않았다.

잠시 후, 공연이 끝나자 매니저가 손짓했다. 잠깐 얘기 좀 하자는 뜻이리라 짐작하고 매니저에게 다가가자 매니저가 팔짱을 끼며 입을 열었다.

"이제 슬슬 그만할 때도 되지 않았니? 다른 직원들도 빨리 퇴근하고 싶을 텐데."

"…죄송합니다."

"죄송할 것까지는 없고, 다른 사람의 사정도 이해해 줘야 되지 않겠어?"

"네……."

이하연은 그저 고개를 푹 숙이고 힘없이 대답을 할 뿐이었다.

아마 내일부터는 여기서의 공연도 힘들 것이다. 매니저에게 핀잔까지 들은 데다 실제로 다른 직원들이 전부터 계속 눈치를 주고 있었다.

"그럼 가서 일보고."

"알겠습니다."

이하연은 직원들과 무대를 정리하면서 곰곰이 생각했다.

'영서에게 이 불행한 소식을 알려야 될까?'

이하연은 전화기를 꺼내기 위해 주머니에 손을 넣었다. 그런데 손에 먼저 잡힌 것은 전화기가 아닌 구깃구깃한 종이 뭉치였다. 이하연은 그것을 꺼내어 펼쳐 보았다. 그 종이엔 이렇게 적혀 있었다.

(작곡가 최현일. 010—X—XXXX. Any time you want)


＊　　　＊　　　＊


집으로 돌아오면서 현일은 생각했다. 이하연이 자신이 부를 수 없는 노래를 만들지는 않았을 것이다.

'아마 긴장해서 그랬겠지.'

가수가 청중 앞에서 긴장하는 것은 당연한 일이다. 하지만 그게 음 이탈을 낼 정도로 과해서는 프로가 될 수 없다.

물론 이하연도 어딘가의 무대에 섰을 땐 그 정도까지는 아니었을 것이다. 애초에 노래를 부르기 위한 곳이고 그만큼 사전에 준비를 많이 했을 테니까.

현일의 손에 있는 이 'Sunrain'은 그저 한 소절 들었을 뿐이지만 분명 나쁘지 않은 곡이다. 하지만 그 정도로는 만족할 수 없었다. 현일은 이 곡을 좀 더 완벽한 노래로 만들고 싶은 욕심이 생겼다.

'그러니까… 언제 어디서 불러도 어색하지 않고 편하게 부를 수 있는 노래로 만들 수는 없을까?'

아직 이하연에게서 연락이 오지는 않았지만 뭐 어떤가? 어쨌든 이것도 좋은 경험이 될 것 같았다.

그렇게 생각하자 A4용지의 위로 마치 홀로그램처럼 그래프가 떠올랐다. 몇 번 하다 보니 요령이 생겨 굳이 애쓰지 않아도 쉽게 그래프를 볼 수 있었다. 현일은 씨익 미소를 지었다.

왠지 좋은 예감이 들었다.

현일은 가사를 토대로 작곡을 하기 위해 DAW프로그램의 대표 격이라 할 수 있는 큐베이스(Cubase)를 열었다. 이 'Sunrain'은 MR을 구상하는 데에 애쓸 필요가 없었다. 비록 조금이지만 보컬의 멜로디도 들었고 무엇보다 현일에겐 비장의 무기가 있었다.

큐베이스가 열렸다. 현일은 어떤 식으로 편곡을 해야 할지 고민했다. 'Sunrain'은 분명 보컬 파트의 선율에 맞춰 기타를 이용해 노래를 썼을 것이다.

대중음악의 경우는 보통 기타, 또는 키보드로 작곡하는데 이는 음악에서 화음을 가장 자유롭게 구사할 수 있는 악기들이기 때문이다.

'설마 노래 부르려고 키보드를 들고 다니진 않겠지.'

'Sunrain'은 그저 기타와 보컬만 있는 노래가 아닌, 좀 더 대중에게 쉽게 다가갈 수 있도록 다듬을 필요가 있었다.

'가벼운 락 밴드 스타일로 작업해 볼까?'

좋은 생각이었다. 'Sunrain'은 비트가 빠르고 이하연의 음색처럼 시원한 노래였으니까. 허나 아직은 아니다. 현일의 손을 거치면 그렇게 될 것이라는 얘기다.

'일단 키를 한 키, 아니, 두 키 높여야겠어.'

노래를 부르기 위해 가수가 맞추는 것이 아니다. 노래를 가수에게 맞춘다. 그것이 현일의 계획이었다. 그리고 그 계획은 순조롭게 진행되었다. 보컬 트랙을 생성하자 A4용지 위에 떠 있던 그래프가 자연스럽게 모니터로 옮겨졌다. 현일이 입꼬리를 올리며 중얼거렸다.

"정말 기가 막힐 노릇이로군."

밴드 스타일에 맞게 베이스, 드럼, 일렉트릭 기타 트랙을 생성하니 마찬가지로 초록색의 그래프가 그려졌다.

'아! 신시사이저도 넣어야지.'

현일은 일렉트로닉과 트랜스 풍의 사운드를 좋아하기 때문에 당연하게도 신시사이저는 현일이 가장 선호하는 악기가 되었다. 그렇기에 현일의 손을 거친 음악에는 항상 신시사이저 파트가 들어갔다.

그 때문에 과거에 SH엔터테인먼트의 프로듀서나 다른 편곡가들과 소소한 마찰이 있기는 했지만 그들도 현일의 고집을 꺾지 못했다. 하지만 그 음악을 발표하고 대중의 반응을 확인한 기획사는 현일의 스타일에 간섭하지 않았다.

어쨌든 현일은 큐베이스의 가상 악기들로 MR을 구성했다. 베이스와 기타의 코드를 잡고, 드럼을 두드리고, 신시사이저의 건반을 누르면서 하나의 예술을 만들어가고 있었다.

'편곡이 이렇게 즐거운 것도 오랜만이네.'

마치 답을 알고 있는 시험을 치는 것처럼 편곡은 순조롭게 이루어졌다. 일반적인 대중음악과는 달리 'Sunrain'은 인트로—1절—코러스—2절—코러스—아웃트로의 간단한 구성을 띠고 있는 노래였기 때문이다. 물론 그래프가 가장 큰 역할을 했다.

'노래가 좀 짧은 것 같은데.'

아무래도 두 번째 코러스 다음에 곡의 긴장감을 고조시키기 위해 전체적인 멜로디와는 다른 분위기의 독립적인 형태를 하고 있는 브릿지 파트와 세 번째 코러스를 추가하는 게 좋을 것 같았다.

'이거 편곡을 하고 있는 건지 리메이크를 하고 있는 건지……'

대략적인 뼈대만 있던 노래에 여러 가지 악기로 살을 붙이고 없던 브릿지 파트까지 추가했으니 그에 맞는 가사도 새로 써야 할 것이다. 하지만 그건 이하연이 해결해야 할 문제였다.

처음부터 끝까지 그녀가 쓴 가사이니 현일이 임의로 가사를 덧붙여 흐름이 어긋나는 일은 없어야 했다.

"전화가 올지는 모르겠지만……"

말이 씨가 된다고 했던가. 현일의 전화기에서 벨소리가 울렸다. 화면에는 모르는 번호가 적혀 있었지만 현일은 가볍게 통화 버튼을 문질렀다.

"여보세요?"

─현일 오빠 맞으시죠?

"하연이?"

─할게요.

"응?"

─한번 해보겠습니다.

현일은 씨익 미소를 지었다. 아무래도 작업을 좀 더 빨리 마처야 될 것 같았다.

"그럼 내일 낮에 보자."

*　　　　*　　　　*

딩동딩동.

초인종이 울린다. 현일이 문을 열자 낯익은 얼굴이 보였다.
이하연이다.

"영서는? 같이 안 왔어?"

"영서는 오늘 강의가 있어서요."

현일은 오늘이 평일이란 것을 깨달았다. 학생인 만큼 규칙적
인 생활을 하는 동생과 달리 현일은 날짜 개념이 별로 확고하
질 않았다.

"그러겠네, 서 있지 말고 얼른 들어와. 커피라도 마실래?"

"아뇨, 괜찮아요."

이하연은 들어오면서 방 안 구석구석을 둘러봤다. 왠지 이하
연의 얼굴이 어두워지는 듯했다. 현일이 냉장고에서 콜라 한 캔
을 꺼내며 물었다.

"생각보다 일찍 전화했네? 벌써 마음을 굳힌 거야?"

카페에서 만난 지 아직 24시간도 지나지 않았기에 전화가 올
줄은 몰랐다. 현일은 빙긋 웃으며 그렇게 말했지만 이하연은 머
리가 복잡해졌다.

"네……."

이하연은 마음속으로 과연 이곳으로 온 일이 잘한 짓인가 심각하게 고민하고 있었다. 비록 직접 발로 뛰어다니며 가수들에게 명함을 나눠 주는 신세라고는 하지만 그래도 작곡가라면 그만큼 여러 장비를 갖추고 있어야 할 것이 아닌가.

'원룸 단지로 오라고 할 때부터 낌새가 안 좋더라니…….'

남자 친구의 형제라고 해서 믿고 왔는데 뒤통수를 가격당한 느낌이다. 그저 방 안에 컴퓨터 하나 달랑 놔두고 '나 작곡가요'라고 하면 누군들 못하겠는가.

하나 이미 발을 들였다. 들어올 땐 마음대로였지만 '죄송합니다. 저 그냥 나갈게요' 할 수는 없는 노릇이었다. 이하연은 어차피 왔으니 이 최현일이라는 사람이 무슨 말을 하는지 들어보기로 했다.

"내가 'Sunrain'을 리메이크 해봤는데 말이야……."

현일은 곧바로 본론으로 들어갔다. 콜라를 한 모금 홀짝거리고는 책상에 얹어놓은 가사를 이하연에게 건네주며 말을 이었다.

"거기 마지막에 코러스 한 번 더 추가하고 그 사이에 네모 칸 쳐놨지? 그게 브릿지 파트니까 가사를 좀 더 추가해 봐."

"브릿지요?"

작곡을 꼭 공부해야만 할 수 있는 것은 아니다. 요즘은 DAW의 발달로 굳이 책을 펼쳐보지 않아도 누구나 작곡을 할 수 있는 여건이 마련되어 있는 만큼 용어에 대해 모른다고 해도 이상할 것이 없었다. 물론 어느 정도는 인터넷에서 검색을 해봐야 하겠지만 말이다.

"아, 브릿지가 뭐냐면, 음, 노래를 들어보면 A—B—A—B—C —B 형식으로 이루어져 있는 것들 있잖아. 거기서 C파트 형식으로 돼 있는… 대충 무슨 뜻인지 알겠지?"

이하연이 고개를 끄덕였다. 그녀가 생각하기에도 확실히 일리가 있었다. 'Sunrain'은 노래의 길이가 3분이 채 안 됐지만 현일의 말대로 하면 아마 3분 20~30초까지는 늘릴 수 있을 것이다. 과연 말뿐인 작곡가는 아닌 모양이다.

"그리고 곡을 두 키 높였어. 또 브릿지 파트로 넘어갈 때 반 키 정도 더 높아질 거야. 그 부분이 하이라이트가 될 테니까."

"네에? 그렇게 높게는 못해요!"

이하연이 경악했다. 그녀로선 상상도 못해본 발상이었다. 카페에서의 음 이탈이 생각났다. 두 키를 높이다니, 음 이탈 정도로는 안 끝날 것이다.

"올라갔네."

"네?"

"올라갔다고. 방금."

사실이었다. 이하연이 방금 소리를 지를 때 세 키는 거뜬히 올라갔다. 이하연의 눈에는 안 보이겠지만 현일의 그래프가 그 사실을 여실히 증명해 주고 있었다.

이하연은 '절대음감이라도 가지고 계신가 보죠?'라고 따지고 싶었지만 목 끝까지 차오른 말을 삼켰다. 현일이 물었다.

"절박하지 않아?"

"네?"

"솔직히 라이브 클럽에서도 반응이 시큰둥하고, 오디션도 죄다 떨어지고. 응? 게다가 부모님도 노래 때려치우고 일자리나 알아보라고 바가지를 벅벅 긁으실 텐데. 대학도 안 나와서 취직도 힘들 거라고. 지긋지긋하지 않아?"

갑자기 현일이 이하연에게 비수를 꽂아댔다. 그러자 그녀의 얼굴이 붉으락푸르락해졌다. 현일이 계속해서 말을 이었다.

"그러니까 지푸라기라도 잡는 심정으로 나한테 찾아온 거 아냐? 그리고 솔직히 우리 집에 들어 왔을 때 별로 좋은 생각 안 했던 거 나도 알아. 꼴에 작곡가라고 하면서 집에 변변한 기타 하나 있어, 뭐가 있어."

이하연은 고개를 세차게 위아래로 흔들고 싶은 마음이 굴뚝같았다. 현일은 자기 자신과 그녀를 폄하하면서도 구구절절 맞는 말만 했다. 마치 그녀의 머릿속을 훤히 꿰뚫어 보는 것처럼 말이다. 그녀는 감정이 격해져 울상이 되더니 급기야 뚝뚝 눈물을 흘리고 말았다.

'흑흑, 영서야……'

이하연은 영서가 보고 싶어졌다. 위로받고 싶었다. 분명히 제 발로 여기까지 찾아왔는데 왜 이런 말을 들어야 하는 것일까. 최현일이 얄미웠다.

"나도 그랬어."

"히끅, 네에?"

"나도 옛날에는 맨날… 어? 하루 종일 기획사에 전화도 해보고 연락 안 오면 직접 찾아가서 문 두드리고 홍대에 가서… 하여튼 그런 힘든 시절이 있었어. 그러다가 어쩌다 어떤 놈 눈에 띄어가지고 좀 살 만해졌지. 물론 그 자식이랑은 끝이 안 좋긴 했지만……. 후우, 내가 무슨 말을 하고 있는 건지."

그러게. 정말 무슨 말을 하고 있는 걸까. 이하연은 의문이 들었다. 아무리 높게 잡아봐야 20대 중반쯤 되어 보이는 최현일이 한 40, 50살 먹은 것처럼 소싯적 이야기를 하고 있으니 말이다.

그녀는 어이가 없었다. 웃어야 할지 울어야 할지, 황당해해야 할지 당황해야 할지 감이 안 잡혔다. 마음속이 더더욱 복잡해졌다.

"내가 무슨 얘기 하다가 샜더라? 아, 그렇지. 어쨌든 지푸라기라도 잡는 심정으로 왔잖아. 가수의 꿈을 포기하고 싶지 않으니까. 안 그래?"

"히끅, 네……."

이하연은 현일의 말이 다 맞는다는 듯 고개를 끄덕였다. 그와 동시에 소매로 눈물을 훔치며 연신 딸꾹질을 해댔다.

"꽉 붙잡아. 내가 그 지푸라기를 티타늄 동아줄로 만들어줄 테니까."

그렇게 말하는 현일의 눈에서 빛이 났다. 어째서일까? 이하연은 자신도 모르게 뚝 울음을 그쳤다.

사람의 인생을 바꿀 수 있는 단어.

절박함.

그러나 그것이 찾아왔다면 결코 좋은 상황은 아니란 뜻이다. '절박함'이란 벽에 부딪쳤을 때 그것을 넘고 싶다면 '필사적'이 되어야 한다. 그리고 그렇게 된다면 분명 인생은 변할 것이다.

이하연은 현일의 앞에서 필사적으로 노래를 불렀다. 훌륭한 가수가 되고 싶다는 열망과 영서에게 기쁨을 안겨주고 싶은 마음, 무엇보다도 보란 듯이 성공해 얄미운 현일에게 한 방 먹여주고 싶다는 일념으로.

현일은 'Sunrain'을 밤까지 새워가며 리메이크해 SH엔터테인먼트 시절 '편곡 기계'로서의 경험치를 유감없이 발휘했다. 처음엔 신시사이저를 반주 부분에만 살짝 넣어 흥을 돋우려고 했지만 마침 같은 해인 2011년에 'Party Rock Anthem'이 선풍적인 인기를 끈 것을 떠올리고는 아예 노래의 대부분에 신시사이저 파트를 집어넣어 버렸다.

사실 이하연은 현일이 편곡해 준 'Sunrain'을 들었을 때 화들짝 놀랐다. 그럴 수밖에 없었다. 분명 자신이 작곡한 노래인데 완전히 다른 노래가 되어 있었다. 살짝 락(Rock) 스타일이 된 것은 그렇다 쳐도 신시사이저의 통통 튀는 사운드가 노래의 전체적인 분위기를 한층 더 끌어올린 것이다.

덕분에 리메이크를 마친 'Sunrain'을 재생했을 때 현일의 입가엔 흐뭇한 미소가 끊이질 않았고 이하연의 입이 쩍 벌어졌다. 이 정도라면 최소한 더 이상 클럽 매니저에게 핀잔 듣는 일은 없을 것 같았다. 그리고 어쩌면…….

'더 큰 무대로 가고 싶어!'

꿈에 한 발짝 더 다가선 기분이 들었다. 오색 빛이 만발하는 화려한 스테이지에서, 더 많은 관객들이 보는 앞에서 노래를 부르는 꿈. 물론 지금의 고생을 넘겨야 하겠지만 말이다.

"할 수 있다니까!"

현일이 이하연을 다그쳤다.

"…다시 해보겠습니다."

대체 몇 번째일까. 이하연은 열 번을 넘긴 뒤로는 세는 것을 그만두었다.

현일이 자기 맘대로 노래를 편집한 건 좋다 치자. 실제로 훨씬 더 좋아졌으니까. 그런데 왜 하필이면 작곡가에게, 그것도 남자 친구의 형에게 이런 훈계를 들어야 하는 것일까.

'차라리 보컬 트레이너라면 이렇게 억울하지는 않을 텐데…….'

이하연은 자신의 처지를 비관했다.

현일이 보기엔 분명 이하연은 두 키를 높여 부르는 게 충분히 가능했다. 그러나 그녀는 브리지 파트 가사에 뭘 써야 할지에 대한 생각과 자신감의 상실로 시작부터 겁을 먹고 스스로의 실력을 억누르고 있었다. 뭔가 그녀의 재능을 이끌어낼 만한 대책이 필요했다.

"일단 한 키 낮추고 다시 해보자."

"네. 휴우!"

이하연이 안도의 한숨을 쉬었다. 한 키 낮추고 부르니 그래 프가 좀 더 안정되었다.

'원키부터 차근차근 해볼까?'

현일은 자신이 너무 몰아붙였나 싶었다. 이하연과의 공감대 를 형성해 용기를 북돋아 줄 필요가 있었다. 현일은 차분히 가 사를 다시 정독했다.

"이 'Sunrain'의 가사 말인데, '태양'이 너지?"

이하연이 움찔했다. 현일이 말을 이었다.

"지금은 밤인 거야. 해가 뜨지 않은 밤… 그런데 굳이 태양이 될 필요가 있을까?"

이하연이 의문을 표했다.

"네? 그게 무슨 말씀이신지……?"

"밤에는 달이 뜨잖아? 낮의 햇살은 뜨겁지만 저녁의 달빛은 시원하고… 뭐 그런 거지. 이 노래는 네 음색처럼 시원한 노래 니까 브리지 파트에 그런 가사를 써보는 거야."

이하연의 눈이 휘둥그레졌다. 현일의 말에 깨달음의 벽을 넘 은 그녀는 현일에게서 가사를 낚아채더니 그야말로 미친 듯이 가사를 써 내려가기 시작했다. 현일이 머리를 긁적였다.

'그냥 해본 말인데… 저렇게 도움 될 줄은 몰랐네.'

단 30초. 그것이 새로운 가사를 쓰는 데 걸린 시간이다.

'Sunrain'이 드디어 완성되었다. 현일과 이하연의 손에서 새 롭게 태어난 노래. 그녀가 비장한 표정을 지으며 입을 열었 다.

"작곡가님, 노래 틀어주세요. 원키로."

"그래, 일단 차근차근 시작하는 게 좋겠지."

현일이 MR을 재생하기 위해 마우스로 손을 움직이다 이하연의 말에 멈칫했다.

"아뇨. '원키'로 해주세요."

현일이 그런 이하연을 보며 빙긋 미소 지었다.

*　　　*　　　*

오늘도 이하연은 아르바이트를 하고 있었다. 원래도 성실하게 일했지만 오늘은 유난히 열심히 일했다. 출근 시간보다 30분 전에 도착해서 가장 먼저 일을 시작했을 뿐만 아니라, 자신이 할 일이 아닌 것도 나서서 처리했다.

덕분에 다른 직원들은 일거리가 줄어 편했지만 매니저는 그런 그녀에게 의문을 표했다.

"오늘 뭐 기분 좋은 일이라도 있니?"

"네? 아, 네. 있다고 할 수 있죠."

"그래? 그런 일이 있다면 함께 기쁨을 나눠야지. 무슨 일이야? 명품백이라도 선물 받은 거야?"

이하연은 매니저의 농담에 싱그럽게 웃고는 대답을 미루었다.

"나중에 말씀드릴게요."

매니저는 참 호기심이 많은 사람이었다. 때문에 직원들의 호

구조사는 물론이고 지갑 사정이나 가정 형편까지 훤히 꿰뚫고 있는 경우가 많았다.

물론 어떤 꿍꿍이를 가지고 그런 것은 아니다. 그저 사람과의 대화를 좋아할 뿐이다. 이하연의 형편이 좋지 않을 때에는 월급에 보너스 개념으로 얼마간 더 쥐어준 적도 있었기에, 노래를 부르지 못하게 되어도 이곳을 그만두고 싶지 않을 정도로 정이 들어 있는 상태였다. 하지만 정말로 못 부르게 된다면 언젠가는 떠나야 할 것이다. 막말로 평생 아르바이트만 하면서 살 수는 없으니까.

"그래, 꼭 말해줘."

"네."

안 그래도 그럴 참이다. 매니저에게 허락을 맡아야 하는 부분이니까.

시간이 지나고 직원들이 퇴근할 시간이 가까워졌다.

이하연은 여느 때처럼 무대를 정리하고 있었지만 두근거리는 심장이 진정되질 않았다. 매니저에게 부탁해야 하는데 입을 떼기가 힘들었다. 매니저가 가까이 다가올수록 더욱더 쿵쾅거렸다.

그때였다. 객석에서 누군가 손을 흔드는 것이 보였다. 이하연의 눈이 휘둥그레졌다.

'현일 오빠?'

어디서 일하는지 가르쳐 준 적도 없는데 어떻게 찾아온 것일까? 그 의문은 곧 풀렸다.

"영서야!"

두 사람이 이하연을 보며 미소를 짓고 있었다. 참 난감한 상황이다.

'하아, 오늘부터 노래 부르기 힘들다는 걸 어떻게 설명해야 할지……'

그러나 이내 이하연은 상념을 털어냈다.

매니저에게 부탁하면 될 일이다. 딱 한 번만 더, 하루만 더 노래를 부르게 해달라고.

마음을 굳힌 그녀가 매니저에게 다가가 입을 열었다.

"…저기 매니저님."

"응? 무슨 일이니? 아! 그래, 그 얘기 해주러 온 거야?"

이하연이 고개를 끄덕였다. 솔직히 매니저가 흥미로워할 얘기는 아니었지만.

"실례인 건 알지만… 딱 한 번만 더 노래 부르게 해주시면… 안 될까요?"

이하연의 부탁에 매니저가 팔짱을 끼며 미간을 좁혔다. 사실 매니저도 이미 예상은 하고 있었다. 또한 그녀에게 노래를 부르게 해주고 싶기도 했다. 그러나 직원이 자신과 이하연만 있는 것도 아니니 그녀의 사정만 봐줄 수는 없는 일이다.

다른 알바생들이 구석에서 이하연을 손가락질하며 쑥덕거렸다.

"얘, 얘, 쟤 좀 봐. 쟤 또 노래 부르고 싶어서 저러나 봐. 진짜 짜증 나지 않아?"

"그러니까 말이야. 노래도 지지리도 못 부르는 게… 쟤 때문에 맨날 퇴근 시간이 늦어진단 말이야."

"내 말이! 어휴, 게다가 노래도 어쩜 그리 촌스러운지. 듣는 내가 다 민망하다니까!"

"맞아, 맞아!"

대략 이런 내용이었다. 이하연의 귀에도 들려와 그녀의 고개가 푹 떨어졌다.

'하아, 이대로 끝나 버리는 건가?'

기껏 영서와 현일도 와주었는데 말이다. 그렇게 생각할 때였다.

"클럽 매니저님이십니까?"

현일이 무대 위로 성큼성큼 걸어와 매니저에게 말을 걸었다. 그러자 이하연이 멍한 표정으로 현일을 바라봤다. 대체 무슨 말을 하려는 걸까. 모두의 이목이 현일에게 집중되었다.

"네… 그렇습니다, 손님."

"저는 오늘부터 이 녀석을 키우게 된 작곡가 최현일이라고 합니다."

현일의 말에 매니저가 고개를 끄덕였다. 자신이 키우는 아이라니… 대충 무슨 말을 하려는지 예상되었다. 그러나 최현일? 그런 이름은 처음 들어봤다.

자신도 음악을 좋아하는 만큼 많은 작곡가에 대해서 들어봤지만 아무리 기억을 떠올려도 머릿속에 최현일이라는 이름은 금시초문이었다.

"제가 말입니다, 하연이의 노래를 약간 손을 좀 봤는데 한번 들어보시지 않겠습니까? 분명 전보다 마음에 드실 겁니다."

그래도 나름 작곡가라는 호칭 때문일까. 매니저는 왠지 들어보고 싶어졌다. 하연이의 노래가 작곡가의 손에서 어떻게 바뀌었는지 궁금했다.

"하연이가 노래를 부를 수 있게 해주세요. 한 번이라도 괜찮습니다."

매니저가 목소리의 근원을 좇아 눈을 돌렸다. 영서였다. 하연이의 남자 친구까지 이리 부탁하니 매니저도 더 이상 물러서기가 힘들었다.

"영서야······."

이하연의 눈시울이 뜨거워졌다.

"뭐, 한 번 정도라면 괜찮겠네요."

매니저의 허락이 떨어졌다. 이하연을 비롯한 세 사람의 얼굴에 화색이 돌았다.

"단!"

좋은 분위기에 매니저가 일갈하며 찬물을 끼얹었다. 이내 이하연을 쳐다보며 검지를 펼치더니 앞뒤로 몇 번 흔들었다. 이번에도 반응이 안 좋다면 다음 기회는 없다는 뜻이리라.

이하연은 고개를 끄덕이고는 마이크를 찾아 마이크 지지대에 꽂았다. 오늘은 기타를 가져오지 않았다. 가져왔다간 출근할 때부터 직원들의 눈총을 받았을 것이다. 대신 무손실 MR이 저장되어 있는 스마트폰을 AUX선으로 스피커와 연결했다.

"아, 진짜! 웬 어중이떠중이들이 단체로 몰려와 갖고는!"

다른 알바들의 짜증 섞인 불평이 들렸지만 가볍게 한쪽 귀로 흘렸다. 이하연은 현일과 영서를 제외하면 네 명의 관객밖에 남아있지 않은 객석을 향해 미소 지었다.

"그럼 시작하겠습니다. 저기 작곡가이신 최현일님께서 리메이크해 주셔서 새롭게 태어난 'Sunrain'입니다. 모두 즐겁게 듣고 가시면 좋겠습니다."

이내 스피커에서 음악이 흘러나왔다.

"찬란한 달빛 아래에서~ 손을 뻗은 너~ 내게 미소 지어줘~ 내 손을 잡아줘……."

이하연이 활짝 웃으며 노래를 불렀다. 비록 조명이라곤 전등 몇 개뿐인 단순한 무대지만 그녀는 이 순간 어느 때보다도 밝게 빛났다.

누구는 입이 찢어져라 벌린 채로, 누구는 박수를 치면서 모두들 현일의 음악에, 이하연의 노래에 감탄하고 있었다.

"와, 형! 이거 진짜 형이 만든 노래야?"

"그럼 누가 만들었겠어? 어?"

"말도 안 돼. 형 유튜브에 올린 것들 들어봤는데 솔직히 다 별로……."

"이 자식이 형을 뭐로 보고……."

"으앗!"

영서도.

'흠, 곡 전체가 세련되게 변했어. 악기들의 구성과 간격도 깔끔하고 특히 신시사이저를 과하게 넣었으면서도 오히려 다른 악기들과의 조율이 잘되고 있어. 어쩌면… 하연이가 정말로 거물을 만났을지도 모르겠네.'

매니저도.

"야, 리메이크 버전이 훨씬 낫지 않냐?"

"그럼 더 나아지려고 리메이크하지, 못 나아지려고 리메이크하겠어?"

"나 사실 딱 오늘까지만 보고 그만두려 했는데 다음 주에도 올까 고민 중이다."

"함 더 오자, 인마. 그땐 내가 살 테니까."

"그럼 당연히 와야지!"

관객들도.

"어째 오늘은 좀 들어줄 만하네?"

"그러게? 하긴, 쟤가 오늘 우리 일거리까지 해줬으니 사실 좀 편했잖아. 잠깐 몇 분 정도 늦는 거야 뭐 어때?"

"그것도 그러네."

심지어 이하연을 곱게 보지 않던 다른 알바까지 'Sunrain'의 매력에 녹아들었으니 말 다한 셈이다.

그렇게 오늘은 라이브 클럽의 모든 사람이 이하연의 청중이 되어주었다.


"정말 고맙습니다."

이하연이 깍듯이 허리를 숙여 감사를 표했다.

비록 관객은 열 명 남짓밖에 안 됐지만 성공적인 무대라 할 수 있었다. 현일이 본 이하연의 그래프도 쭉 파란색을 유지했으니 안 좋은 반응이 나올 수가 없었다. MR이야 애초부터 파란색의 그래프가 나오도록 녹음된 것이니 논할 필요도 없다.

현일이 미소를 지으며 어깨를 으쓱했다.

"뭐 이 정도 가지고."

"아니에요. 현일 오빠 아니었으면 전 얼마 못 가 클럽에서 쫓겨났을걸요."

"그건 그렇지."

"쳇, 끝까지 아니라고는 안 해주네."

그렇게 둘은 잠시 동안 농담을 주고받다가 현일이 진지한 이야기를 꺼냈다.

"그런데 하연아, 그 클럽은 조만간 그만두는 게 좋을 거야."

"네, 그렇겠죠."

이하연이 말꼬리를 흐렸다.

짧지 않은 시간 동안 그곳에서 일하면서 꽤 많은 정이 들었다. 클럽에도, 클럽의 매니저에게도.

'올 것이 왔구나.'

오지 않으면 안 되는, 반드시 와야만 했던 순간이 온 것이다. 그런데 어째서 무언가가 아쉬운 것일까. 그저 아르바이트를 하며 무대에서 노래 좀 불렀을 뿐인데 말이다. 그녀는 정이란 게 이런 거구나 싶었다.

"그런데 더 큰 라이브 클럽에서 공연하려면 어떻게 해야 할까요?"

"어떡하긴, 당연한 거 아니야?"

"네?"

"발로 뛰어야지."


"매니저님, 저 이제 아르바이트 그만둬야 할 것 같아요."

며칠 후 결국 이하연은 매니저에게 자신의 결심을 토로했다. 그러자 매니저가 말했다.

"어디 알아본 데는 있고?"

"네?"

이하연이 얼굴에 의문을 표하자 매니저는 피식 웃으며 지갑에서 사각형의 종이 하나를 꺼내 건넸다.

명함이다.

"뮤직 홀릭 라이브 클럽? 헉! 여기 되게 유명한 곳 아니에요?"

뮤직 홀릭은 꽤나 이름 있는 라이브 클럽이다. 홍대 거리에서 가장 큰 라이브 클럽을 꼽으라면 반드시 다섯 손가락 안에 들어갈 것이다. 그녀는 과연 자신이 이런 곳에 출연할 수 있을지 걱정되었다.

"걱정 마. 내가 그쪽에 아는 사람이 있으니까."

그렇기에 뮤직 홀릭을 추천한 것이다. 이하연의 얼굴이 환해졌다.

"감사합니다!"

"감사하기는… 네가 우리 클럽에 해준 게 얼만데. 이 정도는 기꺼이 해줄 수 있지."

아르바이트치고 꽤 오랫동안 일했고, 사실 이하연이 보고 싶어서 오는 남자 손님도 많았다.

"어쨌든 고마워요."

"그래, 이제 그만 가 봐."

"네. 안녕히 계세요."

매니저는 이하연에게 손을 흔들었다. 잠시 후 그녀가 시야에서 사라지자 어딘가로 전화를 걸었다.

*        *        *

오늘도 현일은 자신의 명성을 드높이기 위해 열심히 발로 뛰고 있었다.

"매니저님, 이걸 한번 보십시오. 유망주의 아우라가 물씬 풍기지 않습니까?"

현일은 라이브 클럽에 이하연을 출연시키기 위해 얼마 전 그녀가 일하던 라이브 클럽에서 공연한 동영상을 클럽의 매니저에게 보여주었다.

공교롭게도 이 라이브 클럽의 이름이 뮤직 홀릭이었다. 라이브 클럽이라고 다 똑같지는 않았다. 각자의 성향에 따라 청중이 발을 딛는 클럽이 다 다른데 뮤직 홀릭 청중들은 전자음악을 선호했다. 현일이 하고 많은 클럽 중에서 뮤직 홀릭을 선택한 것은 그런 연유에서였다.

그런 점에서 현일은 꽤나 노련한 뮤지션이라고 할 만했다. 물론 그것을 매니저가 알아줄지는 모를 일이다.

"관객은 몇 명이나 있었습니까?"

"열두 명 정도였을 겁니다. 시작한 지 얼마 안 됐으니까요."

엄밀히 따지면 네 명이지만 어쨌든 거짓말은 아니었다.

"음……."

3분 남짓한 노래를 고맙게도 끝까지 들어준 매니저가 침음을 흘렸다.

'왠지 어디서 본 것 같은 장소인데?'

매니저는 그런 생각이 들었지만 그저 비슷한 무대이겠거니 하며 신경을 돌렸다.

그런 매니저의 표정을 살피던 현일이 탐탁지 않은 그의 반응에 꿀꺽 침을 삼키고는 물었다.

"어떻습니까?"

"확실히 노래는 괜찮습니다. 우리 클럽의 성향에도 잘 맞는 사운드구요. 다만……."

긍정적인 대답을 부정적으로 바꿔 버린 '다만'이라는 접속사. 대체 뭐가 문제인 것일까. 긴장한 현일은 재차 침을 삼켰다. 매니저가 현일의 눈을 보며 말을 이었다.

"이미 이번 달에는 순번이 다 차버려서요. 물론 한 명 더 끼워준다고 해서 큰 문제가 생기는 것은 아니지만 그런 요청을 하시는 분들이 한두 명이 아닌지라… 좀 곤란합니다."

과연 납득할 만한 대답에 현일은 무심코 고개를 끄덕였다.

누구는 해주고 누구는 안 해줄 수 없는 노릇이다. 만약 이하연을 어떻게 끼워준다고 쳐도 그 사실이 알려지면 클럽의 입장이 난처해질 것이다.

'이렇게 원점으로 돌아가는 건가.'

현일이 한숨을 내쉬었다.

삐리리리~

어색해진 분위기에 마침 매니저의 전화가 울렸다. 현일이 받아도 괜찮다는 듯 손짓했다.

"잠시 실례하겠습니다."

"물론입니다."

매니저가 폰을 귀에 대자 전화기 너머로 중년 여성의 목소리가 들려왔다.

"여보세요?"

─지금 바쁘세요?

"아, 아뇨, 괜찮습니다."

매니저는 그렇게 대답하더니 현일에게 살짝 미소를 지으며 고개를 숙였다. 양해를 구하는 매니저의 행동에 현일도 고개를 숙여 답했다.

─제가 상당히 괜찮은 아이를 봤거든요. 거기서 공연을 하게 해주는 건 어때요?

"아, 그렇습니까? 그럼 한번 보겠습니다."

양심에 찔리는 듯 매니저가 현일의 눈치를 슬쩍 보았다.

─아주 예쁘고 성실한 애입니다. 이하연이라고, 보시면 알 거

예요.

"이하연?!"

그 이름에 둘의 눈이 휘둥그레졌다.

'이런 기연이 있나. 이번엔 운이 좋았군.'

흔히 사람들은 말하곤 한다. '운도 실력이다'라고. 평소 아르
바이트를 성실히 한 하연이가 매니저의 눈에 들었기 때문에 뮤
직 홀릭의 매니저에게 하연이를 꽂아준 것이다. 만약 하연이가
'평생직장도 아니고 그냥 아르바이트인데'라는 생각으로 대충했
다면 절대로 그렇게 해주지 않았을 것이다.

"후우, 작곡가라고 하셨죠?"

매니저의 귀찮다는 듯한 기색이 현일도 쉽게 알아차릴 정도
로 표정과 목소리에서 묻어 나왔다. 현일은 '그럼 뭐라고 들었
는데?'라는 말이 목 밑까지 차올랐지만 포커페이스를 유지했다.
일단 당장 아쉬운 사람은 현일이었으니까.

"그렇습니다."

"일단 6시에 쉬는 시간이 있으니까 그때 부를 수 있게 해드
리겠습니다. 대신 딱 한 곡입니다. 5분 안에 끝내주시구요."

비록 이곳보다는 많이 작은 곳이긴 하지만 뮤직 홀릭의 매니
저로서는 다른 클럽의 매니저까지 부탁하니 계속 거절하기도
힘들었다.

"감사합니다."

어차피 한 곡밖에 없었다.

'곡을 더 만들어야겠어.'

현일은 작곡가이다. 언제까지고 이하연의 매니저 노릇을 할 수는 없는 일이다. 그녀가 어느 정도 성공 가도에 오르게 된다면 본업에 충실할 생각이었다. 그리고 현일은 그날이 곧 머지않았다고 믿어 의심치 않았다. 현일이 회심의 미소를 지었다.

'분명 Sunrain은 통한다!'

\*　　　　\*　　　　\*

금요일 오후 6시.

"후우!"

무대 뒤에서 이하연이 심호흡을 했다.

쉬는 시간인지라 사람들은 화장실에 가거나 잠시 외출을 하는 만큼 200명이던 관객의 수는 줄어 있었지만 이렇게 많은 사람들 앞에서 노래를 부르는 것은 처음이다.

그저 평소처럼 편안한 마음으로 부르면 될 줄 알았는데 새로운 무대와 100명의 관객을 앞에 두고 있으니 긴장감이 장난이 아니었다. 이내 공연 진행자의 해설이 들려왔다.

"잠시 쉬는 시간을 빌려 다른 가수의 공연을 보도록 하겠습니다. 박수로 맞아주십시오, 이하연입니다."

진행자의 말에 이하연은 무대 위로 나섰다. 발을 한 걸음 디딜 때마다 쿵쾅거리는 심장을 주체할 수가 없었다.

그러나 그와 반대로 청중들의 반응은 시큰둥했다.

"이하연이 누구야?"

"몰라. 신인인 것 같은데?"

"여긴 신인들이 쉽게 올 수 있는 곳이 아닌데."

"보나마나 누가 꽂아줬겠지."

"어차피 꽂아줘도 실력 없으면 나가리야. 들어보면 알겠지, 뭐."

대부분 이와 같은 반응이었다. 현일도 옆에서 속닥거리는 소리가 들렸지만 신경 쓰지 않았다. 이 노래는 분명 먹힌다.

"안녕하세요, 이하연이라고 합니다."

간단한 인사 후 노래가 시작되었다.

그러자 가수 이름은 물론이고 노래까지 들어본 적 없는 제목이라며 코웃음 치던 사람들이 저마다 무심결에 비트에 맞춰 어깨를 들썩이거나 고개를 끄덕거리더니 급기야 어딘가에서 탄성이 터져 나왔다.

"이야, 노래 좋다!"

그것을 시작으로 여기저기서 크고 작은 감탄과 휘파람이 들려왔다. 이하연의 얼굴에 함박웃음이 그려졌다.

현일의 예상대로 'Sunrain'은 무대를… 아니, 라이브 클럽을 휘어잡았다.

잠시 후 현일은 뮤직 홀릭 매니저와 면담을 가졌다.

"오늘 공연 잘 봤습니다, 작곡가님."

"하하, 그런 말은 제가 아니라 하연이에게 하셔야죠."

"물론 그럴 생각입니다. 보컬도 보컬이지만 전 MR이 정말 마음에 들었습니다. 특히 신시사이저 말입니다. 어떻게 그런 영감을 얻으셨는지 모르겠군요. 톡톡 튀는 사운드가 정말 좋았습니다."

이하연의 노래가 끝나자마자 청중들이 하나같이 앙코르를 외쳤다. 이는 뮤직 홀릭에서도 근 1년 동안 유례가 없는 호응이었다. 그러나 아쉽게도 제한된 시간이 있었기 때문에 앙코르에 응하지는 못했지만 확실히 매니저의 시선과 대우는 많이 달라져 있었다. 돈이 된다고 생각한 것이다.

'이게 날 호구로 아나?'

매니저의 태도가 달라졌어도, 현일은 그가 썩 마음에 들지 않았다.

그는 이득이 되면 겉으론 웃으면서 도와주는 척하고, 이득이 안 되면 가차 없이 내쳐 버리는 타입의 인간을 별로 좋아하지 않았다. 그런 사람은 현일의 인생에서 딱 한 명이면 족했다. 아니, 이번 인생에서는 한 명도 없을 것이다.

어쨌든 현일은 매니저가 떠들거나 말거나 자신의 생각을 정리하는 중이었다.

'뮤직 홀릭은 3개월, 다음 목표는 2012년 그린플러그드 락 페스티벌에 하연이를 무조건 출연시킨다.'

현일에게 뮤직 홀릭은 어디까지나 관문일 뿐이다. 자신과 이하연을 1차적으로 알리기 위한 수단.

"저기, 작곡가님?"

잠시 상념에 젖어 있는 현일을 매니저가 깨웠다.

"아, 예. 그럼 그렇게 하죠."

"네?"

"석 달 동안 하연이를 출연시키자구요."

그렇게 이하연은 3개월 동안 뮤직 홀릭의 메인 이벤터가 되었다.


*       *       *


"제목은 'To The Stage.'"

평생 'Sunrain' 하나로만 무대에 오를 수는 없었다. 현일도 그것을 잘 알기에 모니터와 고군분투하고 있는 것이다. 이제부터 이하연에게 만들어줄 노래들은 유튜브에 취미 삼아 올리는 음악들과는 다르다. 모든 작업을 해야 했다.

아무리 가상 악기가 있다고는 하지만 실제 악기 소리와는 격차가 있게 마련인지라 그 차이를 최대한 줄여야 했다. 그건 리메이크한 'Sunrain'도 마찬가지고 말이다.

"…SH엔터테인먼트 시절을 그리워하는 날이 올 줄이야."

물론 말이 그렇다는 것이지 그 시절로 돌아가고 싶은 생각은 추호도 없었다.

그곳엔 장비와 리코딩 엔지니어를 비롯해 믹싱 엔지니어와 마스터링 엔지니어까지 있었으니 비교적 편하게 작업할 수 있었다.

하나 지금은 변변한 장비 하나 없이 혼자서 작곡, 편곡, 녹음,

믹싱, 마스터링(믹싱된 음원의 밸런스를 전체적으로 다시 잡아주는 것)을 모두 소화해야 하는 현일은 죽을 맛이었다.

다행히 'To The Stage'는 미래에 나올 노래를 조금 손본 작품이기 때문에 망정이지 아예 처음부터 창작했다면 시작할 엄두조차 내기 쉽지 않았을 것이다. 게다가 아무것도 그려지지 않은 새하얀 화면에서 초록색 그래프를 기대할 수도 없었다.

'어느 정도 윤곽이 잡히면 나타나긴 하지만.'

작곡을 하면서 일단 한 키를 높였고, '무대로'에서 현일이 싫어하는 요소는 다 빼버렸다. 또한 언제나 하이라이트는 신시사이저다. 보통 사람들은 '무대로'와 'To The Stage'가 비슷하다는 것을 느끼기가 힘들 정도로 많은 부분을 바꿨다.

현일은 그렇게 재탄생한 'To The Stage'를 재생했다. 얼굴엔 흐뭇한 미소가 감돌았다.

'진작 이렇게 만들었으면 흥했을 텐데. 제목도 영어로 바꾸고.'

당연하게도 '무대로'는 이성호의 작품이다. 2013년 SH엔터테인먼트에서 야심차게 기획한 신인 걸그룹 '매니악'의 데뷔곡이었는데 야심차게 묻혀 버렸다. 그러나 이제는 현일과 이하연의 손을 거쳐 널리 알려질 것이다.

재생이 끝나고 다시 파일을 저장한 현일은 음원 폴더에 있는 '좌우'라는 이름의 파일을 구석으로 옮겼다.

'언젠간 써먹을 날이 오겠지.'

현일이 전화기를 들었다. 이젠 'To The Stage'를 완성할 때다.

'아, 보컬 녹음을 먼저 하고 마스터링을 해야 되는데……'

아무래도 오늘도 철야를 해야 할 것 같았다.

•

Chapter 5
Make Me Famous

요즘 현일과 이하연은 꽤 바빴다.

'To The Stage'도 결국 대단한 호응을 얻었기 때문이다. 어릴 때부터 가수의 꿈을 키워오다 지금에 이르렀고, 훗날 훨씬 더 큰 무대에 오르겠다는 이하연의 가사가 청중들의 감동을 이끌어냈다. 물론 현일의 실력도 한몫을 했다.

처음 1개월은 뮤직 홀릭을 찾는 사람들의 대부분이 이하연의 이름을 알았다. 2개월째에는 톱5 라이브 클럽의 사람들 대부분이 이하연을 알게 되었고, 이대로만 가면 홍대 거리 전역의 사람들 대부분의 입에 이하연의 이름이 오르내리게 될 것은 자연스러운 수순이다.

덕분에 이하연에게 여기저기에서 공연 섭외가 들어왔다. 그

녀는 오늘 주로 인디 밴드들이 출연하는 모던 플로우 클럽에서
공연이 예정되어 있었다.

"어머, 이하연 씨 아니세요?"

"네, 맞는데요?"

참가자 대기실에서 목을 축이고 있는 이하연에게 그녀와 비
슷한 나이 대로 등에 기타를 메고 있는 한 여성이 알은척을 해
왔다.

"전 'Make Me Famous' 밴드의 기타리스트인 선현주라고 해
요. 설마 여기서도 뵐 줄을 몰랐네요. 뮤직 홀릭에서 공연하시
는 거 봤어요. 정말 잘하시던데요?"

"아, 그런가요?"

"네, 정말이라니까요. 어떻게 그런 노래를… 참, 그거 자작곡
인가요?"

"아, Sunrain은 제가 작사, 작곡했는데 다른 분이 리메이크해
주셨고요… To The Stage는 가사만 제가 쓰고 그분이 다 해주
셨어요. 아마 그분 아니었으면 전 뮤직 홀릭에서의 공연은 꿈도
못 꿨을 거예요."

"그래요? 와, 누군지 궁금하네요."

이하연은 그렇게 자신이 어떻게 현일을 만났고 어떻게 끝자
락에서 올라올 수 있었는지 자초지종을 말해주었다. 이야기를
듣는 선현주는 연신 고개를 끄덕이며 감탄사를 터뜨렸다.

"혹시… 생각 있으시면 한번 만나보세요. 보통 제가 뮤직
홀릭에서 공연할 때는 계시거든요. 아마 흔쾌히 수락하실 거

예요."

"하하하하."

선현주는 그저 웃을 뿐이다. 아무리 때가 어려워도 그렇지 어떻게 밴드가 다른 사람의 손에 자신의 노래를 맡길 수 있단 말인가? 이건 자존심의 문제였다. 특히 팀의 기타리스트이자 작곡을 담당하고 있는 그녀로서는 더더욱 그랬다.

그러나 대기실에서도, 공연을 하면서도, 공연이 끝나고서도, 그리고 며칠이 지나서도 이하연의 말이 그녀의 머릿속에 맴돌았다. 한번 만나보라는 말. 그녀의 귀에 악마가 속삭이는 것 같았다. 그런 그녀에게 누군가 핀잔을 주었다.

"최근에 무슨 일 있어? 요새 계속 뚱해 있는 것 같은데?"

밴드의 보컬리스트인 남선호였다. 선현주와는 고등학교 밴드부에서 만나 지금까지 같은 꿈을 키워온 사이였다. 대한민국에 인디 밴드가 설 자리를 만들겠다는 꿈. 물론 지금에 와서는 다 흐지부지되어 버렸지만 말이다.

그는 요즘 선현주가 공연 중에나 연습 중에 잠시 혼이라도 빠져나간 듯 멍을 때리고 있는 모습을 자주 보았다.

"아, 아무것도 아냐."

"아무것도 아니긴, 아까부터 네 얼굴에 다 쓰여 있어. 무슨 고민 있다고."

그가 물병을 건네며 말했다. 뚜껑을 열고 한 모금 마신 그녀가 결국 입을 열었다.

"넌 아직도 그 꿈 가지고 있어?"

선현주의 질문에 남선호가 쓴웃음을 지었다.

"글쎄, 잘 모르겠다. 넌?"

"솔직히 나도 모르겠어. 그저 잘됐으면 좋겠다는 막연한 생각뿐이고."

"그리고 먹고살 길이 걱정되고. 그치?"

"후우, 그렇지."

둘은 동시에 한숨을 내쉬었다. 선현주가 재차 입을 열었다.

"난 가끔 차라리 미국이나 일본에서 태어났다면 좋았을 거라는 생각이 들어. 우리나라는 왜 이렇게 밴드의 입지가 좁은지, 원."

"하하하, 난 그 생각 매일 하는데."

그녀가 피식 웃었다. 마음이 통하는 상대라면 고민을 털어놓아도 괜찮을 것 같았다.

'하긴 마음이 안 맞았으면 고등학교 졸업하고 같이 밴드를 이어오지도 않았겠지.'

선현주는 넌지시 떡밥을 던져 보았다.

"만약에 좀 실력 있는 작곡가가 우리의 곡을 써주면 어떨까?"

"좋겠지."

물론 그럴 일은 없을 테니 남선호는 대수롭지 않게 대답했다. 그러나 그렇기에 진심이다. 만약 이름만 들으면 누구나 아는 작곡가가 우리의 곡을 써준다면 그로서는 마다할 이유가 전혀 없었다. 특히나 이렇게 먹고살기 힘든 상황에선 더욱. 밴드가 설 자리고 뭐고 일단 내가 살아 있어야 할 것이 아닌가.

선현주가 눈을 빛냈다.

그녀는 멤버들과 투표라도 해야 하나 생각했지만 고개를 저었다. 아직 아무것도 확정된 건 없으니 투표를 하고 말 것도 없었다.

'그냥 이야기만 들으러 가는 것뿐이야.'

최현일이란 작곡가를 만나보는 건 확정이 된 듯했다.

*       *       *

"죄송합니다. 이미 인원이 다 차서 들어가실 수 없습니다."

"네? 벌써요?"

"죄송합니다, 손님."

고객에게 축객령을 내리는 직원을 지켜보는 뮤직 홀릭의 매니저는 싱글벙글했다.

입소문이 퍼져 이하연이 출연하는 날이면 뮤직 홀릭은 발 디딜 틈이 없을 정도로 문전성시를 이루었고, 당연히 매출도 상당히 늘어났다.

매니저는 이하연을 뮤직 홀릭의 전속 가수로 만들고 싶었다.

'그렇게만 된다면 홍대 제일의 라이브 클럽이 되는 것도 시간문제다.'

물론 현일은 그래줄 생각이 없겠지만 말이다.

매니저는 현일을 찾기 위해 클럽 안을 두리번거렸다. 마음

같아선 이하연과 직접 도장을 찍고 싶었다. 그녀에게 높은 액수를 제시하면 쉽게 넘어올 것 같았지만 노래에 대한 지분의 상당 부분을 현일이 가지고 있으니 어쩔 수가 없었다.

이제 약 1개월 후면 계약이 끝날 테니 혹시라도 다른 클럽에 뺏기기 전에 그녀와 재계약을 하고 싶었다.

이내 여느 때처럼 테이블에 앉아 음료수를 마시고 있는 현일을 발견한 매니저가 다가가 입을 열었다. 아니, 그러려고 했다.

'쩝.'

어디선가 다가온 여자가 현일에게 말을 건네자 매니저는 열려던 입을 다물고 입맛을 다셨다.

"반갑습니다. 최현일 작곡가님 맞으시죠?"

보이시한 목소리를 가진 여자가 현일의 이름을 불렀다.

"예, 맞는데요. 누구시죠?"

"이하연 씨께 얘기 듣고 왔어요. 노래를 작곡해 주셨다고……."

현일이 눈을 반짝였다. 고객이 늘어나는구나 싶다. 이하연에게 혹시 누군가 접근하면 자신에게 보내라고 귀띔해 준 것이 잘 먹혀든 모양이다.


뮤직 홀릭에 'To The Stage'가 울려 퍼지고 사람들의 흥을 돋우고 있다. 모든 청중이 이하연에게 환호와 박수갈채를 보내고 있었다.

선현주가 인파 속에서도 현일을 찾는 것은 어렵지 않았다.

이미 이하연에게 자신이 공연하는 날이면 그가 테이블에서 콜라를 마시고 있을 거라는 얘기를 들었다. 그리고 이런 곳에서 콜라만 몇 잔을 마시는 사람은 그 한 명밖에 없었다.

현일이 질문했다.

"밴드의 구성은 어떻게 됩니까?"

"우리 밴드는 기타리스트 겸 서브 보컬인 저하고 리드 기타리스트인 정석호, 베이시스트인 박병욱, 드러머인 김진, 그리고 메인 보컬인 남선호… 이렇게 다섯 명으로 이루어져 있어요. 그리고 선호가 사실상 우리 밴드의 리더를 맡고 있죠. 또…….

선현주는 잠깐 이야기 좀 듣고 싶어서 왔다고 했지만 현일이 굳이 묻지 않아도 자기 밴드의 사정을 낱낱이 실토하고 있었다. 사실 그럴 만도 했다. 이야기를 듣자 하니 'Make Me Famous'는 지금 난관에 봉착해 있었다.

아니, 거의 해체 위기 직전이다. 멤버들 사이에서 농담 삼아 '다 때려치우고 싶다'라는 말이 예사로 흘러나왔지만 실상은 그저 웃자고 하는 말이 아니라는 걸 모두 알고 있었고, 특히 베이시스트인 박병욱이 요즘 공무원 학원 주변을 기웃거리고 있다는 것은 밴드 내에서 공공연한 비밀이었다.

현일이 고개를 들었다.

'살려주세요.'

그녀의 눈이 그렇게 말하고 있었다.

그도 그럴 것이 그저 콜라를 홀짝거리며 고개만 위아래로 끄덕이고 있는 현일이 그렇게 믿음직스러워 보일 수가 없었다. 그

증거가 뮤직 홀릭 지천에 깔려 있지 않은가? 그의 손을 거친 노래에 열광하고 있는 청중들의 모습.

"난 알아~ 내가 여기서 떠나야 했다는 것을~ 하지만 난 이 게임에서 벗어나올 수 없어……."

코러스가 흘러나오자 청중들이 입을 모아 떼창을 했다. 선현주는 시선을 힐끗 돌려 그 모습을 바라봤다. 잠시 이하연의 자리에 'Make Me Famous'가 서 있는 모습을 상상했지만 지금까지 그런 일이 없었기에 상상 속 'Make Me Famous'는 금세 사라졌다. 현일이 재차 질문했다.

"장르는요?"

"아, 딱히 장르는 정하지 않았고 그냥… 우리가 좋아하는 음악을 하고 있어요."

현일이 잘 알겠다는 듯 고개를 끄덕였다.

'순조롭게 망해가고 있군.'

'Make Me Famous'에 대한 현일의 평이다. 보통 저런 대답이 나오는 경우는 대세에 따르지 못하고 있는 경우이다. 그것이 나쁘다는 게 아니다. 단적으로 말하자면 그런 음악은 취미로 해야지 먹고살 생각으로 하면 안 된다. 그리고 'Make Me Famous'는 음악으로 먹고살자를 지향하는 밴드였다.

아닌 게 아니라 미래에는 컴퓨터 합성음이나 신시사이저, 그 외에 전자적 테크닉을 이용한 일렉트릭 밴드들이 우후죽순 생산된다. 그리고 그 트랜드가 확립되는 데에는 현일의 영향이 상당 부분 차지했다.

'물론 현재도 그런 뮤지션들이 있긴 하지만.'

그러나 그것은 미국이나 일본처럼 음악 시장이 큰 나라의 경우이고 우리나라에선 아직 먼 이야기다. 물론 미래에는 인디밴드도 입지가 생긴다. 락 밴드를 전문적으로 양성하는 기획사도 생기고 심지어 SH엔터테인먼트에서도 밴드에 손을 댈 계획을 했을 정도니까.

하나 현일은 이번 생에서 그 시기를 좀 더 앞당길 생각이다. 그리고 그 초석을 'Make Me Famous'로 다질 계획을 마음속에서 차근차근 세웠다. 현일이 말했다.

"인디 밴드가 뭡니까?"

"네?"

선현주의 눈이 휘둥그레졌다. 갑작스러운 질문이다. 분명 이 작곡가가 뜻을 모르고 묻지는 않았을 것이다. 그러나 그녀는 자신이 알고 있는 대답을 할 수밖에 없었다.

"자신이 원하는 음악을 하기 위해 기획사에 소속되지 않고 독립적으로 음악 활동을 하는 밴드… 아닌가요?"

"그렇죠. 그럼 이렇게 묻겠습니다. 대형 기획사가 키워주겠다고 제안하면 그걸 굳이 마다할 밴드가 있을까요?"

"…아뇨."

선현주가 고개를 저었다. 어쩌면 그런 사람이 있을지도 모르지만 최소한 그녀는 그렇게 유별난 사람은 아니었다.

"접근성이죠. 일반적으로 사람들은 그저 TV 음악 방송에서 매주 틀어주는 것을 보는 문화에 익숙해져 있습니다. 또는 대형 기획사의 유튜브 채널을 구독하거나 아니면 음원 차트 상위권에 있는 노래를 습관적으로 다운로드 하거나… 뭐 그런 것들 말이죠. 구태여 자기 취향에 맞으면서 마이너한 노래를 찾아 듣기에는 바쁘거나 귀찮으니까요."

그건 현일도 마찬가지지이다. 많이 바쁘진 않지만 솔직히 귀찮았다.

"방법이 있다는 건가요?"

"요새 그런 거 많이 하잖아요. TV 오디션 프로그램."

선현주가 한숨을 쉬었다.

"후우, 이미 작년에 도전해 봤어요. 그리고 떨어졌죠."

"자, 그럼 이제 접근성은 해결되었으니 대중성이 있어야 하지 않겠습니까?"

현일은 선현주의 대답을 못 들은 것처럼 말을 이어 나갔지만 '대중성이 없으니까 떨어졌지'를 돌려 말한 것뿐이다. 그리고 그녀도 그 사실을 잘 알고 있었다. 현일이 말을 이었다.

"게다가 'Make Me Famous' 같은 경우, 워낙 마이너하기 때문에 유튜브에 노래를 올려도 찾기 힘들뿐더러 그럴 일은 없겠지만 유튜브에서 대문짝만 하게 광고를 해도 듣는 사람은 거의 없을 겁니다."

정곡을 찔렸다. 선현주의 눈빛이 죽었다. '우리 노래 들어보지도 않았잖아요'라고 말하고 싶었지만 인정할 수밖에 없는 사실이었다.

"밴드에서 작곡은 누가 합니까?"

"······"

선현주는 풀이 죽어 대답하기가 싫었다. 가사는 남선호가 쓰지만 '작곡은 대부분 내가 했다'고 말하기가 힘들었다.

"하긴 상관없겠죠. 이제부터는 제가 할 테니 말입니다."

"뭐라고요?"

마치 망치로 머리를 얻어맞은 느낌이다. 선현주는 어이가 없었다. 그녀의 자존심에 금이 가는 발언이다. 아무리 이하연이란 사람을 뮤직 홀릭의 무대에 올려놓았다고 해도 이런 처사는 있을 수 없었다.

'자기가 뭐라도 되는 줄 알아!'

그녀는 팔짱을 끼고 고개를 홱 돌렸다.

그렇다. 저기 보이는 뮤직 홀릭의 매니저처럼 말이다. 그는 뭐가 되긴 됐다. 그의 한마디면 'Make Me Famous'를 뮤직 홀릭의 무대에 올려놓을 수도 있을 것이다.

선현주가 그러거나 말거나 현일은 음료수 잔에 있던 얼음을 와작 깨물었다.

'콜라를 다 마셔 버렸군.'

그때 바쁘게 여기저기를 돌아다니고 있던 매니저와 현일의 눈이 마주쳤다.

현일이 한쪽 눈썹을 씰룩거리며 잔을 들고 흔들었다. 그러자 매니저가 잽싸게 다가와서는 빙긋 웃으며 잔을 들고 드링크 바에 있는 콜라 디스펜서의 레버를 당겨 가득 채워 가져다주었다. 현일은 이미 뮤직 홀릭의 VIP 고객이 된 지 오래였다.

선현주는 그 모습을 넋 놓고 바라봤다. 뮤직 홀릭에는 그녀도 자주 들렀지만 매니저의 이런 모습을 보는 건 처음이다. 그녀의 입이 꿈틀거렸다.

"…저희 밴드를 보러 와주실래요?"

그녀는 현일에게 밴드의 운명을, 아니, 자신의 운명을 맡기기로 결정했다.

＊　　　＊　　　＊

20평 남짓한 공간의 지하실의 문이 열리자 한 사내가 들어섰다.

"아, 오셨군요."

"안녕하세요."

선현주가 다가와 반겨주었다. 현일은 가볍게 고개를 숙여 인사했다.

다른 네 명이 자리에서 벌떡 일어나 손님을 맞았다. 선현주가 미리 멤버들에게 언질을 주었기에 누가 올 거란 것은 이미 알고 있지만 그의 진정한 정체에 대해서는 듣지 못했다.

얼핏 디지털 피아노 비슷한 것을 짊어지고 온 것을 보아 '혹시 여섯 번째 멤버인가?' 하고 추측할 뿐이었다. 남선호는 현일의 정체를 대충 눈치챈 듯하지만 말이다.

"쳇, 다 망해가는 밴드에 무슨 여섯 번째 멤버야."

베이시스트가 투덜거리는 소리가 들렸지만 현일은 가볍게 무시했다.

'여섯 번째 멤버라니? 잘도 그런 끔찍한 소리를.'

현일이 그렇게 생각하며 주위를 스윽 둘러보니 한쪽 벽면에는 거대한 거울이 걸려 있고 나머지 벽은 모두 방음벽으로 되어 있다.

드럼, 기타, 베이스 등을 비롯한 기본적인 밴드 악기들과 음향 장비들이 들여져 있었지만……

'처참하군.'

벽 구석구석에 곰팡이가 심심찮게 보이고 보일러는 고장 났는지 안이 매우 서늘했다.

'청소는 하는 건가?'

심지어 기타와 같은 악기들엔 때가 조금씩 타 있고 드럼은 아예 일부가 살짝 찢어져 있었다.

'Make Me Famous'의 연습실.

나름 전용 연습실까지 가지고 있다고 해서 아주 망한 밴드는 아니구나 싶었는데 현일의 집보다 상황이 안 좋아 보였다.

'하긴 밴드원이 다섯 명이니까 한 명당 한 달에 10만 원씩만 보태도 이런 연습실 정도는 구할 수 있겠지.'

현일은 적당한 자리에 뮤직 홀릭에서 빌려온 신시사이저를 세팅하고 앰프와 연결했다. 그 모습이 마치 'Make Me Famous'의 일원인 양 자연스러웠다. 그런 현일의 갑작스러운 행동에 놀란 선현주가 현일을 소개해 주었다.

"아, 이분은 오늘 내가 초청한 최현일이라는 자, 작곡… 가셔."

선현주의 목소리가 점점 기어들어 갔다.

남선호는 작곡가라는 말에 살짝 흥미를 보였지만, 그것은 금세 식어버렸다. 그도 그럴 것이, 현일의 행색이 별로 좋지 않았기 때문이다. 표현하자면 집에서 아무거나 걸치고 나온 행색에 귀를 후비적거리는 모습이 딱 'Make Me Famous'에 자연스럽게 녹아들 것 같은 분위기였다.

나머지 세 사람은 현일의 등장에도 '그냥 그런가보다' 하며 무감각한 표정이다. 더 이상 이 밴드는 내려갈 곳이 없기 때문일 것이다. 아니, 보일러 세를 내줄 사람이 생겼다면 오히려 환영이다.

이내 현일이 입을 열었다.

"이제부터 Make Me Famous의 작곡을 맡을 최현일입니다."

"……?!"

현일의 말의 의미를 잠시 생각해 보던 멤버들의 눈이 번쩍 뜨였다. 별안간 이맛살을 찌푸리며 '이건 뭐냐?' 하는 눈빛으로 현일을 바라봤다.

"아니, 잠깐만요. 갑자기 작곡가라니요?"

"난 또 키보디스트 한 명 영입한 줄 알았네."

"진심입니까?"

김진, 박병욱, 정석호가 한마디씩 했지만 문답 무용.

신시사이저를 기본적인 피아노 모드로 둔 현일이 건반을 몇 번 두드려 보고는 연주를 시작하자 밴드원들의 귀가 틔었다.

처음은 차분한 멜로디로 시작해 리버브를 넣어 몽환적인 분위기를 연출하고, 퍼포먼스 모드로 신시사이저에 입력되어 있는 드럼과 베이스 소리를 출력했다. 그리고 그 화음에 맞춰 컷오프(기준이 되는 가청 주파수의 이상, 또는 이하를 걸러주는 이펙터)를 줄이고 늘이면서 어떤 부분은 묵직하게, 어떤 부분은 날카롭게 소리를 조절해 가며 신시사이저를 연주했다.

현재에 있는 노래도, 미래에 나올 노래도 아니었다. 현일의 그래프도 아니었다. 그저 현일이 머릿속에서 떠오르는 대로 손가락이 움직이는 즉흥곡이었다. 영롱한 푸른색의 그래프가 그려졌지만 그것 역시 현일이 의도한 것은 아니었다. 오로지 작곡가로서의 경험치로 만들어지는 선율이었다.

현일은 그것을 보며 씨익 미소 지었다.

"오오……."

어디선가 감탄이 흘러나왔다. 밴드원 모두 현일의 연주를 숨죽이고 지켜보았다. 즉흥곡인 만큼 일반적인 A—B—A—B—C—B 구성의 음악과는 많이 달랐다. 고양이가 실뭉당이를 갖고 놀듯 가벼운 느낌으로 시작한 연주가 얼떨결에 점점 심장이 격동할 정도로 분위기를 고조시켰다.

이내 여러 가지 이펙트와 음색을 합성해 신나는 일렉트릭 사운드가 곡의 절정을 이룰 때쯤 현일이 갑작스럽게 연주를 중단했다.

"아……!"

여기저기서 탄식이 흘러나왔다. 선현주는 '조금만 더 들려주세요'라는 말을 애써 삼켰다. 그래 봤자 현일이 연주를 다시 해

주지는 않을 것 같았기 때문이다. 대신 조금 전의 연주를 마음속으로 곱씹는 것으로 만족했다.

'방금 음악을 디지털 음원으로 만든다면 우리가 2년 동안 발매한 디지털 음원의 판매량을 몇 달 만에 앞지를 것 같은데.'

남선호의 생각이지만 밴드원 모두가 동의할 것이다. 그가 입을 열었다.

"확실히 좋네요. 직접 작곡하신 거죠?"

"네, 정확히는 방금 작곡한 거죠."

현일이 고개를 끄덕였다. 그 말에 모두들 눈이 휘둥그레지며 놀라움을 감추지 못했다. 그러나 한 사람만은 생각이 달랐다.

"정말입니까?"

현일이 목소리의 근원지를 힐끗 보았다. 박병욱이다.

"그럼 한 번 더 해볼까요?"

"예?"

"음, 이렇게 하죠. 당신과 드러머 분께서 아무 비트나 연주해 보세요. 어떤 곡이든 상관없습니다. 'Make Me Famous'의 노래도 좋고 유명한 노래도 좋고 즉흥 연주도 좋습니다. 어떤 것이라도 연주하시면 제가 그에 맞는 충분히 만족할 만한 연주를 해 드리겠습니다."

그러자 김진과 박병욱은 서로 마주 보고는 고개를 끄덕이더니 각자의 악기를 잡았다. 현일이 먼저 제안했기에 굳이 거절할이유가 없었다.

'드럼이 좀 찢어져 있긴 해도 치는 덴 문제가 없나 보군.'

그렇기에 안 바꾸는 것이리라. 현일이 속으로 그렇게 짐작하는 새 퉁퉁 베이스 소리가 들려왔다. 그리곤 김진이 박자에 맞춰 드럼을 두드렸고, 현일 또한 건반을 눌렀다.

그리고 몇 분 후, 선현주는 자신이 며칠 동안 공들여 쓴 악보보다 현일이 아무렇게나 휘갈긴 건반이 훨씬 낫다는 것을 인정할 수밖에 없었다. 물론 다른 밴드원들의 생각도 마찬가지였다.

"그럼 'Make Me Famous'의 대표곡들을 한번 들어볼까요?"

현일의 요청에 따라 그들이 디지털 음원으로 발매한 노래 중에서 판매량이 최근에 간신히 두 자릿수를 넘긴 노래 두 곡을 연주했다.

'확실히 노래가 좀… 구려.'

곡이 전반적으로 지루하다. 밴드원들도 그것을 실감하는지 연주를 하면서도 하품을 하거나 귀찮다는 기색이 역력했다.

심지어 현일은 코러스가 다시 나오기 전까지 그 파트가 코러스였는지도 몰랐다. 두 곡 전부가 그랬다. 그것들이 그나마 많이 팔린 작품이라니 나머지 곡은 안 들어봐도 뻔했다. 상황이 심각했다.

"신시사이저 칠 줄 아는 사람?"

결국 현일의 지휘 아래 밴드의 구성이 조금 바뀌게 되었다. 선현주가 기타 대신 신시사이저를 잡게 되었고, 보컬리스트인 남선호가 리듬 기타를 그녀에게서 넘겨받아 2-Tool을 맡게 되었다. 어찌 됐든 인디 밴드라면 여러 악기를 고루 다룰 줄 아는 경우가 많았다. 특히 작곡을 위해서라면 기타와 피아노 정도는 기본이다.

신시사이저는 음색을 합성하고 편집해서 연주하는 악기인 만큼 피아노에 비해 매우 많은 지식을 요구하긴 하지만 부족한 부분은 현일이 해결해 줄 수 있었고, 선현주도 그만큼 배움에 열의를 보였으니 문제될 건 없었다.

물론 신시사이저를 어느 정도 익힐 때까지는 피아노 모드로 연주해야 할 것이다.

현일이 본론으로 들어가기 위해 입을 열었다.

"이제 'Make Me Famous'의 곡들은 대부분 무순환 구조를 가지게 될 겁니다."

"네? 무순환 구조요?"

밴드원들이 의문을 표했다.

"네, 무순환이요. 절, 후렴구, 브리지 등의 특별한 구분이 없는 노래 말입니다. 물론 기본적인 기승전결의 구조는 가지겠지만 아마 반복되는 가사는 없을 겁니다."

즉, 현일의 계획은 브리지처럼 곡의 긴장감을 고조시키는 파트와 그 뒤엔 코러스처럼 분위기가 최고조로 이르는 파트가 있겠지만 반복되는 가사는 없이 만드는 것이었다.

그저 절과 브리지, 그리고 첫 번째, 두 번째, 세 번째 코러스의 가사를 다르게 쓰자는 이야기가 아니다. 가사든 멜로디든 한 번 나온 구성은 뒤에서 다시 나오지 않는다.

일반적인 A—B—A—B—C—B 구성의 노래가 아닌 A—B—C

—D—E 구성의 노래. 그것이 현일이 말한 무순환 구조의 노래였다.

남선호가 기겁하며 말했다.

"그, 그런 게 가능합니까?"

"방금 들으셨잖아요?"

그렇다. 현일이 연주한 즉흥곡이 바로 그런 음악이었다. 생각나는 대로 연주한 것이지만 그렇다고 아무런 생각 없이 연주한 것이 아니었다. 그랬더라면 애초에 좋은 노래가 나올 리 없었다.

"실제로 클래식이나 오케스트라에서는 많이 쓰이는 구조이기도 하죠."

"아, 하지만 그런 음악은 보통 가사가 없지 않습니까? 그런데 그렇게 만들어 버리면 가사를 붙이는 것만도 힘든 일이 될 겁니다."

남선호가 정확히 짚었다. A—B—A—B—C—B 구조라면 A파트 가사는 전혀 다르게 만들되 코러스인 B파트와 자연스럽게 이어지기만 하면 된다. C파트도 마찬가지이다. 그러나 A—B—C—D—E 구조는 A부터 E까지의 가사를 전부 이어줘야 한다.

사실 그건 작곡가도 마찬가지였다. 처음부터 끝까지 한 파트 한 파트 넘어갈 때마다 멜로디의 구성을 매끄럽게 연결해 줘야만 한다.

"전 작곡을 먼저 하든 작사를 먼저 하든 상관없습니다. 작사가님이 어떻게든 가사를 써오시면 제가 그에 맞춰 작곡을 해드리겠습니다."

"…꼭 그렇게 해야 됩니까?"

"네."

"어째서죠?"

사실 꼭 그렇게 해야 될 이유는 없었다. 그러나 현일이 고집하는 이유는 단 하나였다.

회귀 전 현일이 우연히 클래식 음악을 듣고 있을 때였다. 'Classic', 번역하면 여러 가지 뜻이 있지만 대충 일류, 고전이라는 뜻이다.

클래식, 즉 고전 음악은 당시에도 일류였고 지금도 일류 음악으로서 널리 인정받는다. 물론 역사적으로 이름을 남길 만큼 위대한 작곡가가 만든 음악들이기 때문이기도 하지만 현일에겐 한 가지 의문을 남겼다.

"쉽게 질리지 않으니까요."

'왜 질리지 않을까?' 하는 의문. 사람들은 그저 유행이 지나면 용량만 차지하는 대중음악은 망설임 없이 삭제를 클릭하지만 클래식은 수백 년이 지나도록 두고두고 사랑받는다.

그 비밀이 '반복되는 구간이 없기 때문이 아닐까?' 생각하던 현일은 SH엔터테인먼트 시절 직접 실험을 해보았고, 비밀이 진실이든 아니든 결과는 대성공이었다.

언제 어디서든 몇 번을 들어도 질리지 않을 노래에 목말라 있던 대중은 점점 현일의 작품에 빠져들었고, 너도나도 앞다투어 음반을 사댔다.

플래티넘 히트는 그렇게 이루어진 것이었다.

남선호도 동의한다는 듯 고개를 끄덕였다. 확실히 하나의 곡이 파트마다 다른 멜로디를 구성한다면 사람들은 신선한 자극을 얻을 것 같았다.

"음, 가사는 밴드원들과 머리를 맞대서 짜야겠네요."

남선호는 이미 현일에게 작곡을 넘겨주기로 결정한 듯했다. 다른 밴드원들의 의견은 듣고 자시고 할 것도 없었다. 어쨌든 그가 'Make Me Famous'의 리더였고, 사실 작곡이야 누가 하던 다른 밴드원들 입장에선 하등 상관없는 일이었다.

현일이 고개를 저었다.

"그래도 되지만 너무 애쓰진 않으셔도 됩니다. 무순환 구조의 노래를 만든다고 해서 가사를 길고 복잡하게 쓸 필요는 없습니다."

"그렇군요."

"짧으면 짧은 대로 가사마다 빈 사이를 간주로 채우면 되니까요."

그리고 그 부분은 신시사이저가 큰 역할을 할 것이다.

"게다가 어차피 사람들은 가사에 많이 신경 쓰지 않습니다. 일부 그런 사람들이 있긴 하지만 적죠. 좋은 멜로디에 좋은 가사를 얹으면 그야말로 금상첨화이겠지만 그것 때문에 너무 고생할 필요는 없어요. 어쨌든 귀가 즐거우면 되는 것. 그것이 음악의 기본입니다."

"귀가 즐거우면 된다……."

"그렇습니다."

확실히 'Make Me Famous'의 노래는 가사에 많은 신경을 쓴 부분이 보였다. 자신의 인생을 표현하거나 교훈적인 요소를 집어넣는 등.

현일은 음악의 예술성을 따지고 싶은 생각은 없었다. 좀 더 세속적으로 표현하자면 현일은 잘 팔리는 음악을 만들고 싶었다. 좌우지간 잘 팔리는 것이 잘 만들었다는 뜻 아닌가.

다른 사람들이야 어떻든 현일의 음악적 가치관은 그러했다.


뮤직 홀릭에 있는 현일에게 소식을 전하기 위해 선현주가 찾아왔다. 처음 현일을 끌어들인 것이 그녀였으니 현일과 따로 볼일이 있을 때도 그녀와 만나기로 한 것이다.

"합격했어요."

간단한 전화 한 통이면 끝나는 1차 예선과 한 명의 심사 위원이 직접 심사하는 2차 예선.

막말로 아무리 인디 밴드 중에서도 바닥을 긴다고 하지만 별의별 사람들이 본선에 진출하는 마당에 나름 몇 년 동안 음악을 한 밴드가 붙지 못한다면 그건 그것대로 상당히 곤란했다.

"다행이네요. 본선은 언제라던가요?"

"다음 달 8일이요."

"아, 작년에도 오디션 프로그램에 나갔다고 했는데 그땐 어디서 떨어졌어요?"

"…본선 1차요."

현일의 질문에 선현주가 고개를 푹 숙이며 대답했다. 그녀는 당시의 기억을 떠올렸다. 세 명의 심사 위원 앞에서 야심차게 준비한 신곡을 정말 신명나게 불렀다. 그러나 세 심사 위원 모두 불합격. 그때 심사 위원들 앞에선 웃으면서 무대를 나갔지만 뒤에선 어깨를 축 늘어뜨릴 수밖에 없었다.

"이번 목표는 어디까집니까?"

"TOP10이요."

선현주는 자신 있게 대답했다. 본선 6라운드인 TOP10 안에 들면 인지도도 높일 수 있고 메이저 밴드로 도약할 발판이 될 수도 있다. 물론 운이 좋을 때의 얘기지만.

"우승하세요."

"…네?"

"우승을 하셔야만 최소한의 입지가 생깁니다."

그러자 선현주가 고개를 갸웃했다. 공중파에서 생방송으로 나가는 오디션 프로그램인 만큼 분명 우승은 매우 어려운 일이다. 그런데도 반드시 우승을 해야만 최소한의 입지가 생긴다니? 오히려 성공 보증수표가 되어야 하는 것이 아닌가.

현일이 질문을 이었다.

"음, 혹시 파워스타 본 적 있습니까?"

"물론이죠. 출연까지 했는데."

본선 1차에서 탈락했지만.

"그럼 재작년 우승자가 누군지 기억나세요?"

현일의 질문에 선현주는 잠시 머리를 짚으며 고민하더니 생각난 듯 입을 열었다.

"…아, 맞아요. 분명 'Users'라는 그룹이었어요. 아마도요."

"그럼 작년 준우승자는요?"

"…확실히 그렇겠네요."

선현주는 이번 질문엔 대답하지 못했다. 파워스타를 매주 챙겨 보는 팬이라면 몰라도 일반적으로는 우승자도 긴가민가한 판국에 준우승자가 기억에 박혀 있기는 솔직히 힘들다.

"그래도 3위 안에만 들면 국내에서 내로라하는 락 페스티벌에 출연할 수는 있을 겁니다. 그래도 우승을 하셔야 해요."

선현주의 얼굴이 환해졌다가 금세 시무룩해졌다. 현일이 밴드의 어깨에 부담을 꽉꽉 지우고 있었다.

"연습은 어떻게… 잘되고 있죠?"

"네, 다들 정말 즐거워하던데요?"

선현주가 빙긋 웃으며 대답했다. 연습은 그야말로 일사천리로 순조로웠다. 어떻게 된 일인지 악보를 받고 연주를 시작한 순간부터 막힘이 없었다.

'당연하지.'

현일이 고개를 끄덕였다. 'Make Me Famous'의 형편없는 노래들을 들은 건 그저 밴드의 역량을 알아보기 위함만은 아니었다. 보컬의 노래뿐만 아니라 모든 악기를 유심히 지켜보았다. 그리고 당연하게도 현일의 눈에 보이는 모든 파형이 초록색의 그래프와 어긋나 있었다.

현일은 초록색 그래프를 따라 각자의 연주 스타일, 습관에 따라 그 사람에게 최적화된 노래를 제공할 수 있다. 가령 신시사이저의 경우 같은 노래라도 그걸 잡는 사람에 따라 초록색의 그래프도 다르게 나온다.

예를 들어 선현주가 신시사이저를 잡으면 비트를 빠르게 하여 손가락을 현란하게 움직여야 하는 노래가 나오지만 다른 사람이 잡으면 연주는 느긋하지만 리버브를 잔뜩 주고 사방 천지에 일렉트릭 사운드가 울려 퍼져야 하는 노래가 나올 수도 있다.

물론 하나의 곡에서 하나의 악기만 따로 놀 수는 없으니 적당한 타협은 필요하다. 그리고 그것이 현일이 감당해야 할 부분이고 현일에겐 그럴 만한 충분한 역량이 있었다.

"작곡가님 덕분에 우리 밴드는 하루 종일 받은 곡을 연습하고 있어요. 실력도 일취월장하고 있다니까요. 조금 과장해서 지금 바로 본선을 치러도 될걸요?"

현일이 씨익 웃었다. 아마 'Make Me Famous'는 현일에게 받은 두 개의 곡이 사실 원래 본인들의 노래였다는 것은 꿈에도 모를 것이다. 가장 많이 팔렸다는 그 두 노래를 리메이크한 것이다. 곡의 분위기, 아니, 장르가 바뀌었을 정도로 많은 부분이 달라졌고, 가사도 제목도 다르다.

악보도 필요 없었다. 그저 현일이 노래를 떠올리면 그 노래의 그래프가 만들어지니까.

그러니 모를 수밖에.

순간 현일은 리메이크라는 사실을 가르쳐 줄까 생각했지만 그럴 필요는 없을 것 같았다.

'리메이크보다 새로 만들어준 걸로 쳐야 저작권을 행사하지. 흐흐흐.'

이미 저작권 배분에 대해서는 합의한 뒤였다.

'뭐 어때? 아무도 모를 텐데.'

보통 음악의 저작권은 작사 : 작곡 : 편곡=4 : 4 : 2가 보편적이지만 작사가, 작곡가, 편곡자의 명성과 실력 등에 따라 변동한다.

명성이야 그렇다 쳐도 실력은 두말할 것도 없이 현일이 위라는 점을 모두 인정했으니 7 : 3으로 나누기로 했다.

현일은 뮤직 홀릭의 무대에서 공연 중인 이하연을 흘깃 바라봤다.

그녀도 마찬가지다. 'Sunrain'은 5 : 5로 나누기로 했지만 'To The Stage'를 시작으로 그 뒤 현일이 만들어줄 곡은 모두 7 : 3이 될 것이다. 그에 대해 'Make Me Famous'도 이하연도 수긍했다.

사실 노래를 만든 사람뿐만 아니라 연주하고 부르는 가수에게도 약간의 저작권료가 지급되긴 하지만 그걸 감안하고 현일이 8 : 2를 주장해도 솔직히 그들은 할 말이 없을 것이다.

'내가 너무 착한가?'

"아, 그전에 만드신 노래는 전부 디지털 음원으로 발매하신 거죠?"

"네."

현일이 팔짱을 끼고 사색을 시작했다. 저작권 하니 떠오른 것이 있었다. 이내 선현주의 눈을 힐끗 보더니 입을 열었다.

"제가 준 곡들, 한국음악저작권협회에 저작권 등록만 하시고 나중에 파워스타에서 우승하더라도 음원 판매는 하지 마세요."

"네? 왜죠?"

그녀는 의문이 들었다. 애써 만든 곡인데 팔아야 할 것이 아닌가? 더군다나 파워스타에서 우승한다면 명성이 전국에 알려질 것이고, 그렇게 되면 훨씬 더 잘 팔릴 것이 분명한데 말이다.

"이유는 언젠가 알려드릴 테니 일단 그렇게 하는 게 낫습니다."

선현주는 고개를 끄덕였다. 작곡가가 자신의 곡을 팔지 말라고 완곡하게 주장한다면 분명 뭔가 생각이 있을 것이라 여긴 것이다.

# Chapter 6
European Music

현일이 지금 음원을 팔지 말라고 하는 이유는 다름이 아니다.

우리나라의 저작권료 배분 비율은 참으로 기형적이라고 할 만했다.

현일도 SH엔터테인먼트에 몸담고 있을 때 뼈저리게 실감한 것이지만 우리나라는 무엇이든 유통 과정에서 유통 회사가 상당한 마진을 남겨먹는다.

그게 어느 정도냐면, 예를 들어 대형 기획사에서 노래를 하나 만들고, 발표하고, 네버(NEVER)에서 600원에 디지털 음원을 팔 때, 이 과정에서 유통 회사라 할 수 있는 네버에서 일단 40%인 240원을 가져간다. 또한 기획사에서 45%인 270원을 가져가고, 작사가, 작곡가, 편곡자에게 10%, 그리고 가수에게 나머지 5%를 준다.

물론 모든 경우가 그렇다는 것은 아니다. 애플의 아이튠즈에서는 음원을 다운 받으면 저작권자에게 70% 이상의 수익이 돌아가고, 중소 기획사에서는 저작권자에게 수익을 나눠주기도 한다.

'그래도 대형 기획사는 다 마찬가지지.'

아무리 대형 기획사가 마케팅, 인지도, 자본 등에서 압도적이라 할지라도 작사가, 작곡가, 편곡자가 10%에서 나눠먹어야 하는데다 편곡자는 여러 명인 경우가 많다. 심지어 편곡은 저작권 비율도 낮다.

물론 기획사 입장에서는 직원들에게 월급을 줘야 하지만 노래를 만든 실질적인 저작권자에게 돌아가는 돈이 600원 중 60원밖에 되지 않기에 저작권자 입장에서는 미치고 팔짝 뛸 노릇이다.

하지만 해결책이 있다.

'무조건 회사를 설립해야 돼. 음원을 파는 건 그 뒤다.'

바로 저작권자 본인이 기획사를 차리고 유통 회사를 만들면 된다. 그렇게 하면 최소 85%의 비율을 현일 자신이 다 챙길 수 있었다.

당연히 현일이 지금 회사를 차려봤자 아무도 알아주지 않을 테니 한시라도 빨리 무언가 업적을 이뤄야만 한다. 기껏 만들어놓은 노래들을 언제까지고 묵혀둘 수는 없었다.

그렇기에 'Make Me Famous'를 파워스타에서 우승시키고, 이하연을 그린플러그드 페스티벌에 출연시켜야 하는 것이다.

'그리고……'


*　　　*　　　*


아무리 뮤직 홀릭이 TOP5에 속하는 라이브 클럽이라 해도 유로피언 뮤직에 비할 바는 못 된다.

명실상부 홍대 제일이자 국내 제일 라이브 클럽인 유로피언 뮤직.

그곳의 매니저가 유럽 음악을 좋아해 유로피언 뮤직이라 지었지만 이름과는 달리 인기만 많다면 모든 장르를 포용하는 곳이다. 따라서 가장 많은 사람들이 찾는 곳이 되었고, 자연스레 가장 큰 라이브 클럽이 되었다.

단순히 크기로만 따져도 뮤직 홀릭의 두 배는 족히 될 것이다.

어쨌든 그런 유로피언 뮤직에는 실제로 유명한 가수들이 공연하는 경우도 종종 있는데다 음악업계에 종사하는 사람들이 많이 온다.

그렇기 때문에 뮤지션들은 유로피언 뮤직에서 공연하기 위해 애를 쓰고, 유로피언 뮤직에서 공연하는 뮤지션들은 그들의 눈에 띄기 위해 무척 노력한다.

그럼에도 불구하고 이하연을 유로피언 뮤직의 무대에 올려놓아야 하는 현일의 얼굴은 평온하기만 했다.

"작곡가님, 우리와 계약하는 게 정말 탁월한 선택일 겁니다."

반면 자신이 제안한 조건에도 무덤덤한 현일을 보는 뮤직 홀릭 매니저의 이마에선 식은땀이 흘렀다. 곧 뮤직 홀릭과의 계약이 끝나가니 재계약을 성사시켜야만 했다.

매니저는 1년 동안 이하연이 뮤직 홀릭의 전속 가수가 되는 조건으로 이하연과 현일에게 각자 4,000만 원과 8,500만 원을 제시했다.

그땐 현일도 솔직히 놀랐다.

왜냐하면 사실 밴드가 공연을 한다고 돈을 주는 클럽은 거의 없었다. 이하연이 여러 클럽에서 섭외가 들어올 때에도 그저 용돈 벌이 정도 했을 뿐이다.

심지어 상기의 금액은 그저 계약금일 뿐, 공연을 할 때마다 일정의 저작권료를 지급하고 클럽이 꽉 찰 때마다 추가금까지 지불하겠다고 했다. 그 정도면 현일이 버는 돈만 1년에 1억 원은 거뜬히 넘길 것이다.

게다가 이제까진 MR을 틀었지만 앞으로 100% 라이브를 위해 세션까지 지원해 주겠다고 하니 자연히 의심이 들 수밖에 없었다.

현일이 입을 열었다.

"이렇게 하면 뮤직 홀릭이 손해를 볼 것 같은데요?"

인디 밴드나 언더그라운드 가수들도 음악 활동만으로는 먹고살기가 매우 힘들다.

그만큼 뮤직 홀릭의 조건은 파격적이었기 때문에 현일은 무슨 꿍꿍이가 있는 게 아닐까 생각했다.

"아닙니다. 이하연 씨의 공연을 가장 뒤로 옮기고 사람들에게 티켓을 따로 팔 겁니다."

"그런 라이브 클럽은 없을 텐데요? 유명한 가수라면 몰라도."

"그러니까 이제 도전해 보려는 겁니다."

'과연 뮤직 홀릭.'

현일이 고개를 끄덕였다.

유로피언 뮤직을 제치려면 그 정도 대담함은 필요했다. 확실히 TOP5 라이브 클럽이라는 사실에 자부심을 가질 만했다. 하지만 현일은 이하연을 유로피언 뮤직으로 전속(轉屬)시키고 싶지, 뮤직 홀릭의 전속(專屬) 가수로 만들고 싶은 생각은 없었다.

분명히 매니저의 조건은 구미가 당기긴 했지만 무려 1년이나 뮤직 홀릭에 발이 묶일 생각은 추호도 없었다. 아무리 이곳이 TOP5, 아니, TOP1 라이브 클럽이라 해도 현일의 야망을 충족시키기엔 한없이 작았다.

뮤직 홀릭도, 유로피언 뮤직도 그저 발판일 뿐이다.

현일은 계약서를 한번 들여다보고는 테이블에 내려놓았다.

"음……."

현일이 계약을 할 생각이 없다는 것을 알아차린 듯 침음을 흘리는 뮤직 홀릭 매니저의 얼굴에 잿빛이 드리워졌다.

물론 전속 가수가 되어달라는 요구 사항만 빼면 현일은 흔쾌히 계약할 생각이 있었다. 그러나 뮤직 홀릭의 매니저 또한 그것만은 양보할 수 없다는 눈치였다.

'하긴, 나와 하연이가 아니면 굳건한 TOP5의 자리를 뒤흔들 수는 없겠지.'

현일이 매니저를 쳐다보고는 고개를 저었다.

"죄송합니다."

그렇게 말하며 현일은 바지를 털고 자리에서 일어났다.

"또 기회가 있다면 좋겠군요."

'글쎄.'

현일은 어깨를 한 번 으쓱하고는 발걸음을 돌렸다. 이곳에 미련은 없었다. 이미 유로피언 뮤직의 매니저와 연락이 닿았으니까.

*　　　　*　　　　*

이하연은 현일로부터 유로피언 뮤직에서 공연할 수 있게 되었다는 소식을 듣고는 그 자리에서 폴짝폴짝 뛰어댔다. 그녀 또한 유로피언 뮤직이라는 이름이 가지는 의미를 아주 잘 알고 있었다.

그러나 현일은 뮤직 홀릭과의 계약 이야기는 하지 않았다.

'후우…….'

백스테이지에서 자신의 차례를 기다리는 이하연에게 누군가가 말을 건넸다. 그녀가 상대방에게 고개를 돌렸다.

"당신이죠, 요즘 떠오르는 핫이슈가?"

살다 보면 왠지 모르게 적대감이 느껴지는 사람이 가끔씩 있다. 바로 지금처럼 요사스러운 웃음을 흘리며 다가온 늘씬한 체형의 여성의 행태가 그런 부류였다. 하지만 그걸 내색할 수는 없는 법.

이하연은 웃는 낯으로 화답했다.

무엇보다 자신을 알아주니 기뻐해야 하는 것이 마땅했다.

"핫이슈요?"

"물론이죠. 요새 이 바닥에서 이하연 씨를 모르면 간첩이랍니다. 호호호!"

"하하하, 그런가요?"

"그럼요. 호호호! 단지 안 좋은 이슈라는 게 문제지만요."

"네? 무슨 소리죠?"

안 좋은 소문이라니?

"글쎄요? 왜 그런 거 있잖아요. 요즘 이하연 씨가 짧은 기간에 여기까지 와서 낙하산이 아닌가 하는……."

"나, 낙하산이라구요?"

이하연의 얼굴이 순식간에 일그러졌다.

비록 좋은 작곡가를 만나 단기간에 유로피언 뮤직의 무대에 설 수 있게 된 것은 사실이지만 그동안 겪은 수많은 절망을 생각하면 기분이 좋을 리가 없었다. 아니, 그 이전에 낙하산이라는 단어를 듣고 기분 좋을 사람은 없을 것이다.

"누가 그런 소릴 하죠?"

─네, 크리티컬 밴드의 공연 잘 들었습니다. 자, 그럼 다음은 고혹적인 매력의 소유자인 떠오르는 아이돌~ 유은영의 무대입니다!

그저 다음 무대를 소개해 주던 진행자가 갑자기 이번 출연자의 얼굴에 금칠을 해주었다.

"저야 모르죠. 그냥 그런 소문이 있다는 거니까 너무 신경 쓰지 않는 게 좋지 않을까요? 소문은 소문일 뿐이니까요."

그렇게 말하며 유은영은 이하연을 지나치쳐 걸어가다가 힐끗 눈을 돌려 그녀를 바라봤다. 그러고는 슬며시 한쪽 입꼬리를 올리더니 이내 무대로 향했다.

"응? 유은영? 어디서 많이 들어본 이름인데?"

현일은 진행자가 부르는 낯설지 않은 그 이름에 눈이 번쩍 뜨였다.

"설마?"

설마 하던 그 정체가 드러났다. 2013년 여름에 신인으로 데뷔하는 SH엔터테인먼트 소속의 가수 유은영.

그녀는 현일과는 다르게 SH엔터테인먼트로부터 적극적으로 지원을 받아 상당한 유명세를 떨쳤다.

지금 유은영은 SH의 연습생일 것이다. 대형 기획사에서 적극적으로 밀어주는 가수는 아예 연습생 시절부터 팬층을 형성하고 인지도를 쌓거나 무대에 익숙해지도록 만들기 위해 공연을 시키기도 했다.

'그 연습 무대가 유로피언 뮤직이라니 대단하긴 하군.'

얼마나 SH에서 유은영에게 심혈을 기울이는지 알 수 있었다. 유은영이 노래는 못 불러도 춤 실력과 미모는 확실히 감탄할 만했다. 데뷔하자마자 각종 음악 방송과 음원 차트를 휩쓸었다.

그건 인정할 수밖에 없는 부분이다.

'인성이 안 좋다는 소문도 많았지.'

공교롭게도 그 소문은 사실이었다.

신인 때는 덜했다고 들었지만 그때야 현일이 SH엔터테인먼트에 없었으니 잘 모른다. 그러나 점점 인기를 얻어가면서 현일뿐만 아니라 소속사의 직원이나 각 방송의 PD들도 그녀의 지독한 성격에 혀를 내둘렀다.

'별명이 연예계의 악녀였지?'

음반 작업을 같이할 때도 곡이 마음에 안 들어 녹음을 하기 싫다고 진상을 부리기 일쑤였고, TV 프로그램 녹화 날 지각은 예삿일이었다. 음반 녹음을 할 때 프로듀서가 녹음을 다시 하자고 하면 소리를 질러대서 녹음을 빠르게 끝내기도 했다. 물론 그 결과, 음정을 보정해야 하는 믹싱 엔지니어가 곤욕을 치른 것은 말할 것도 없다.

심지어 이성호조차 그녀를 통제하기가 힘들어 쩔쩔맸을 정도였으니까.

'그리고 절대 지는 걸 싫어하지.'

자신보다 예쁜 신인이 나타나면 성형수술을 했다는 유언비어를 퍼뜨리거나 만약 그게 사실이면 직접 과거 사진을 인터넷에 올리는 막장 짓으로도 아주 유명했다.

또 그 외에도 여러 가지 사건 사고에 엮인 일이 많았다. 물론 대부분 원인 제공자는 유은영이었다.

현일이 기억을 되짚는 동안 유은영이 노래를 시작했다.

'립싱크는 노란색 그래프가 나오는군.'

현일은 그저 고개를 끄덕일 뿐이었다.

새로이 알게 된 사실이지만 놀랄 일도 아니었다. 마치 감수성 풍부한 의사가 사람이 눈앞에서 죽는 것에 대해 점점 무감각해지듯 현일은 능력이 있다는 현상에 무덤덤해졌다. 또한 유은영이 항상 립싱크를 한다는 것도 익히 알고 있는 사실이다.

그래도 명색이 라이브 클럽인데 라이브가 아니라는 것은 좀 신선한 충격이었다. 그 사실이 밝혀지면 좀 곤란해질 텐데도 묵인해 주는 것을 보면 아마 SH엔터테인먼트에서 뭔가 손을 쓴 것이 분명했다.

'단 한 번도 라이브를 한 적이 없지.'

데뷔 후에는 댄스 가수였다는 점에서 립싱크는 조금은 눈감아줄 수 있다.

'그러고 보니 춤 없이 노래만 부르면 라이브도 가능하다고 했는데? 본인 말로는.'

하지만 지금 보니 전혀 아니었다. 순도 100%의 립싱크였다.

만약 이하연이 같은 노래를 부른다면 몇 키를 높여도 안정적으로 부를 것이다.

남자 관객들은 그런 사실을 아는지 모르는지 그저 헤벌쭉 입을 벌린 채 뚫어져라 유은영을 쳐다보고 있을 뿐이었다. 현일이 그 모습을 보고 혀를 차며 중얼거렸다.

"쯧쯧, 저년이 어떤 년인지 알면 저리 좋아할 리 없는데."

현일은 오늘따라 유은영을 시샘하는 여자 관객들이 왠지 합리적으로 보였다.

한편, 자신의 차례가 끝난 유은영이 무대로 들어서는 이하연을 보며 비웃음을 흘렸다.

"후후후, 감히 내 자리를 넘봐?"

다른 사람이 자기보다 잘난 것을 병적으로 싫어하는 유은영은 이하연의 존재에 대해 알 때부터 위기감을 느끼고 있었다.

본인은 SH엔터테인먼트의 연습생으로 들어와 유로피언 뮤직에서 노래를 부를 수 있게 된 기간이 1년이다. 그런데 어디서 굴러먹던 돌인지는 몰라도 갑자기 짠 하고 이하연이라는 실력파 가수가 이곳에 나타난 것이다.

그래서 그녀에 대한 안 좋은 소문을 퍼뜨렸다.

유로피언 뮤직의 무대에 꾸준히 오르는 뮤지션들에게는 꽤나 많은 팬덤이 존재하는데 그중에서도 유은영의 팬덤은 가히 압도적이라고 할 만했다. 그리고 오늘 유은영은 자신의 팬과 함께 준비한 것을 이하연에게 보여줄 것이다.

이하연은 백스테이지에서 당당한 걸음으로 무대로 나와 마이크를 잡았다.

그러자 이변이 일어났다.

"우우우!"

"우우우우!"

갑자기 여기저기에서 관객들이 엄지를 땅으로 향한 채 야유를 보냈다. 갑자기 상황이 이상하게 돌변하자 이하연이 당황했다.

"이, 이번에 처, 처음 유로피언 뮤직에서……."

인사말을 하는 이하연이 울상이 되어 말을 더듬었다. 그럴 수밖에 없었다. 아르바이트를 하던 그 라이브 클럽에서는 이미 비난에 익숙했지만 한동안 승승장구하다가 갑자기 야유를 받으니 어찌할 바를 몰랐다. 더군다나 이곳은 제법 큰 무대가 아닌가.

"흐흐흐흐, 푸하하하핫!"

무대 뒤에서 유은영은 이하연이 버벅거리는 모습을 보며 비웃음을 참치 못했다. 사실 이하연을 뮤직 홀릭에서 본 적이 있었다. 누가 만들었는지 곡 자체도 좋았고 노래도 잘했다. 그래서 더욱 참을 수가 없었다.

그리고 얼마 전 이하연이 유로피언 뮤직에서 공연한다는 소식을 들은 유은영은 단단히 화가 났다. 이하연이 자신보다 훨씬 더 빨리, 더 크게 성공할지도 모른다는 불안감이 엄습했기에 자신의 광팬들에게 미리 언질을 주었다. 이하연이 무대에 오르면 야유를 던지라고 말이다.

또한 유언비어를 퍼뜨리기 위해 자비로 연극학과생들을 아르바이트로 고용해 낙하산을 타고 내려왔다고 수군거리도록 지시했다. 물론 자비라고 해도 소위 삼촌 팬들이 선물한 각종 액세서리나 가방 따위를 다시 상점에 가져가서 환불한 돈이지만 말이다.

어쨌든 그런 유은영의 작전은 꽤 성공적이었다.

영문을 모르는 관객들은 자기들끼리 속닥거리기 시작했다. 정확히는 유은영이 고용한 배우들이 말이다.

"뭐야? 사람들이 왜 이래?"

"아마 그 소문 때문인 것 같은데?"

"소문? 무슨 소문?"

"에이, 그 왜 있잖아? 저 이하연이라는 애, 여기에 낙하산 타고 왔다는 소문."

"푸흡!"

관객들의 야유와 더불어 옆에서 수군거리는 소리를 들은 현일은 마시던 콜라를 뿜을 뻔했다.

'세상에.'

현일의 눈이 번쩍 뜨였다. 도대체 누가 그런 말도 안 되는 소문을 퍼뜨린 것일까.

'…혹시?'

한 명 짐작 가는 사람이 있기는 하다. 이하연이 잘되는 꼴을 보기 힘든 사람. 단서도 증거도 없지만…….

'그년이다.'

무대 위에서 이하연이 앉아 있는 현일에게 구원을 요청하는 듯한 눈빛을 보내왔다.

'저 어떻게 해요?'

그러자 현일이 자신의 귀를 몇 번 터치하더니 팔로 X 표시를 만들었다.

청중이 뭐라고 하던 신경 쓰지 말라는 뜻이리라.

하나 이하연은 더욱 난처해졌다.

이 상황에서 어떻게 신경을 안 쓸 수 있단 말인가? 청중의 입장에선 어떨지 몰라도 가수의 입장에선 하늘이 무너지는 것만 같은 기분이 들었다.

'난감하군. 이대로라면 여기서 공연을 못하게 될 텐데……. 이제 와서 뮤직 홀릭으로 돌아갈 수도 없고.'

현일이 이맛살을 찌푸렸다. 머리가 아파와 검지와 중지로 관자놀이를 꾹꾹 짓눌렀다.

하늘이 무너졌다면 어디론가 솟아날 구멍을 찾아야 했다. 하지만 그것이 뮤직 홀릭이 될 수는 없었다. 이 일은 뮤직 홀릭 매니저의 귀에도 들어갈 것이고, 당연히 받아주지 않을 것이다. 차라리 그가 꼴좋다고 하지나 않으면 다행이다.

현일이 유로피언 뮤직의 매니저를 힐끗 보았다. 그는 이하연을 보며 고개를 젓고 있었다.

"후우……."

현일은 한숨을 내쉬었다.

"흐윽, 흑……."

이하연은 결국 울음을 터뜨렸다. 노래를 제대로 부르지도 못했다.

계속 버벅거렸고, 그래프는 붉은 선만 찍찍 그어졌다.

"…저보고… 낙하산이래요."

"누가? 누가 그래?"

"무대 뒤에서… 흐윽… 유은영이란 사람이……."

현일은 이미 예상하고 있었지만 확신으로 굳어졌다. 세 살 버릇 여든까지 간다더니 유은영의 더러운 성격은 세 살 때 이미 만들어져 있었나보다. 어쩌면 이성호도 사실은 유은영에게 영향을 받은 것이 아닐까 생각될 정도이다.

'그게 사실이라면 정말… 소름이 돋는군.'

"저… 이제 유로피언 뮤직에서 공연 못하겠죠?"

"음……."

아까 전에 이미 매니저의 반응을 확인했다. 사정사정을 해도 다음 공연을 기대하긴 힘들다고 봐야 한다. 현일이 대답 대신 그저 침음을 흘리자 이하연은 더욱 크게 울음을 터뜨렸다. 현일은 이하연이 혹여나 이번 일을 계기로 무대 공포증을 가지게 될까 봐 심히 걱정되었다.

그렇게 카페에서 대화하고 있는데 이하연이 울자 여기저기에서 사람들의 따가운 시선이 느껴졌다. 안 그래도 보호 본능이 느껴지는 귀여운 외모의 소유자인데 그런 이하연이 울고 있으니 사람들의 시선이 고울 리가 없었다.

'방금 어디서 쓰레기라고 한 것 같은데……'

하나 그런 것에 사사건건 신경 쓸 상황이 아니었다. 눈에는 눈, 이에는 이다. 유은영이 그렇게 더럽고 치사한 수작을 부린다면 현일도 똑같이 해줄 자신이 있었다.

처절하게 유은영을 무너뜨릴 계획 말이다.

'덤으로 SH엔터테인먼트에도 한 방 먹일 수 있고 말이야. 아니, 일이 잘 풀린다면……'

현일의 뇌리에 번개가 스쳐 지나갔다.

'상대를 잘못 건드렸어.'

현일은 기억을 되짚었다.

지금은 3월. 'Make Me Famous'는 지금 어딘가에서 한창 오디션 본선을 위해 현일이 준 곡을 연습하는 데 열중하고 있을 것이다. 그리고 유은영이 데뷔하는 시즌이 올해 여름이다.

원래 계획은 'Make Me Famous'와 이하연을 동시에 그린플러그드 페스티벌에 출연시키는 것이었다. 마침 파워스타가 끝나는 날이 그린플러그드 페스티벌이 시작하는 날과 비슷하기 때문에 이번 파워스타에서 우승하면 그 상으로 그린플러그드 페스티벌에 출연할 수 있는 권한을 주기 때문이다.

하지만 이하연에게 사실상 페스티벌은 물 건너갔다고 봐야 했다. 그 발판인 유로피언 뮤직이 무너져 버렸으니 말이다. 그러나 현일은 차라리 잘됐다는 생각이 들었다. 이 방법이 안 된다면 다른 방법을 찾아내면 된다.

그리고 그 방법은 이하연의 인지도와 유은영이라는 두 마리 토끼를 모두 잡을 수 있었다. SH엔터테인먼트가 한 방 먹는 건 덤이다.

'크큭, SH엔터테인먼트와 나는 정말 전생에서도 이번 생에서도 질긴 악연으로 이어져 있나 보군.'

올해 여름, 유은영은 이하연과 현일을 위한 제물이 될 것이다.

"어떡해. 진짜 쓰레긴가 봐."

"그러게. 저 여자 정말 안쓰럽다."

울고 있는 소녀를 앞에 두고 조소를 흘리는 현일을 보는 사람들의 대화였다.

\*　　　\*　　　\*

현일은 음료 한 잔의 여유를 즐기며 폰을 꺼내 인터넷 검색어 1위에 관련된 뉴스 기사를 보고 있었다.

[Make Me Famous 우승하다!]

―이번 파워스타에서 'Make Me Famous(이하 MMF)'는 선의의 경쟁자인 윤성환을 제치고 우승을 차지했다. 심사 위원들의 종합 점수는 같았으나 방청객 투표에서 10표 차이로…….

[Make Me Famous, 사실 작년에도 출연했다]

—파워스타에 혜성처럼 출현해 승승장구하던 그들은 사실 작년에도 도전한 적이 있다고 한다. 그러나 오디션 프로그램 특성상 TV로 방송되는 만큼 한 번 떨어지면 재도전하는 비율이 현저히 낮다. 본선에서 떨어지는 뼈아픈 경험을 한 MMF는 좌절하지 않고 1년 동안 각고의 노력을 거듭해 마침내 올해 파워스타에서 우승을 거머쥐었다. 그들의 말에 따르면……

[Make Me Famous의 노래, '우리가 쓴 것 아냐']

—MMF의 노래들은 하나같이 대중들에게 신선한 충격을 선사해 주었다. 반복되는 가사와 음이 존재하지 않는 그들의 음악은 본인들의 말에 따르면 모두 다른 사람이 써준 곡이라고 한다.

"최현일이라는 작곡가 분이 작곡과 편곡을 직접 하셔서 가져옵니다. 그러면 우리는 멜로디에 맞춰서 가사를 쓰고 연습하는 거죠. 그의 음악은 가히 혁신적이라 할 수 있습니다."

—보컬 겸 기타리스트 남선호.

질리지 않는 음악을 추구하는 그들의 노래를 사람들은 어디서 다운로드 받을 수 있는지 궁금해했지만 MMF는 그에 대해 함구로 일축했다. 어서 음원을 팔아달라는 행복한 원성이 자자한 한편, 팬들은 최현일이라는 작곡가에 대해 궁금해하고 있다.

현일은 빙긋 미소 지었다. 기사의 내용은 제법 흡족했다. 그리고 통장에 적혀 있는 0의 개수 또한 매우 흡족하게 해주었다.

'그야말로 억 소리가 나는군.'

현일은 'MMF'와 미리 이야기한 대로 각각 7 : 3으로 나눴다. 파워스타에서 우승 시 주어지는 상금이 3억에 음반 제작비나 뮤지션 발전비 등등해서 추가적으로 2억을 준다. 그 5억에서 세금과 기타 등등을 떼고 나면 현일에게 떨어지는 돈이 약 3억이다.

'그리고 물려받은 돈하고……'

원래 가지고 있던 돈이 약 7천만 원 정도. 며칠 전에 비하면 상당히 여유로워졌지만 마음대로 쓸 수 있는 돈은 아니었다.

'만약이라는 게 있으니 말이야.'

앞으로 동생에게 들어갈 것으로 좀 넉넉하게 잡아서 2억을 다른 통장에 따로 넣어뒀다. 백혈병을 치료해야 하니까. 이미 보험은 들어놨지만 그래도 백혈병은 암이다. 그리고 암 치료비가 만만치 않다는 건 상식이다.

TV나 인터넷에서는 암에 걸릴 시 그 즉시 전액 보장이라 광고하지만 사실은 이런저런 이유를 대가며 실질적으로는 그 반 정도밖에 못 받는다고 생각해야 편하다.

현일은 은행을 나와 파워스타에서 우승한 보상으로 받은 자동차에 탔다. 원래 차까지 받을 생각은 없었지만 'MMF'의 멤버는 다섯 명. 서로 가지고 싶은 것은 마찬가지였으니 차 때문에 사이가 틀어지는 일이 생길 바에야 차라리 자신들을 우승하게 만들어준 현일에게 주는 것이 낫다고 생각해 현일이 가지게 되었다.

'굳이 준다는데 안 받을 이유도 없지.'

현일은 자동차의 시동을 걸며 영서에게 전화를 걸었다. 지금이 순간 가장 중요한 문제를 해결하기 위해서.

현일은 차를 운전해 고깃집에 도착했다. 차창 밖으로 두리번거리는 영서가 보인다. 아마 현일이 언제 오나 기다리는 모양이다. 아직 현일에게 차가 있다는 것을 모르니 말이다. 이내 주차를 하고 차에서 내려 손을 번쩍 들고 외쳤다.

"야!"

그러자 현일을 발견한 영서가 차를 보고는 눈을 반짝이며 다가왔다.

"와! 형, 차는 언제 샀어?"

현일은 놀라는 영서를 보며 눈썹을 찡긋했다.

"파워스타에서 우승하면 주잖아."

"그래? 근데 왜 재주는 MMF가 부리고 차는 형이… 엇!"

"그 재주를 준 게 나다, 짜식아!"

현일이 영서에게 꿀밤을 먹였다. 물론 영서도 MMF의 노래를 현일이 써준 것임을 이하연에게 들어서 잘 알고 있었다. 형이 쓴 노래라 파워스타를 꾸준히 시청했는데 음악 방송을 잘 보지 않는 영서의 귀에도 정말 훌륭하고 신선했다.

현일이 영서의 머리에 손을 얹으며 말했다.

"들어가자, 먹으러."

"응, 하연이도 왔으면 좋을 텐데……."

현일이 시선을 돌려 영서를 흘깃 쳐다봤다.

영서는 당연히 이하연도 데려오고 싶었지만 현일이 거부했다. 오늘은 그동안 미뤄둔, 영서에게만 해야 할 정말 중요한 말이 있었다.

식당에 들어가 자리에 앉자 종업원이 다가왔다.

"갈비 5인분이랑 사이다 두 병하고 소주 한 병 주세요."

"네."

"먹어보고 부족하면 더 시켜."

"응."

영서가 고개를 끄덕였다.

음주를 즐기지 않는 현일은 왠지 오늘은 술이 마시고 싶어졌다.

'아, 차 끌고 왔는데…….'

뭐 어떤가? 대리 기사를 부르면 되는 것을. 그리고 영서에게 해야 할 말. 알코올이 한 방울이라도 입에 들어가야 입을 열기가 수월할 것 같았다. 그저 병원에 가보라는 한마디면 될 뿐인데 말이다.

현일은 종업원이 가져온 고기를 불판 위에 올리며 운을 떼었다.

"요즘 혹시 어디 아픈 데는 없고?"

"응? 갑자기 왜? 그런 거 없는데?"

현일은 음료 잔에 사이다와 소주를 섞었다. 그리고는 한 잔을 쭉 들이켜고는 맛이 꽤 괜찮다고 생각하며 재차 입을 열었다.

"현기증이나 두통이라든가 감기 기운이 있거나 그러지는 않고?"

"에이, 없다니까."

"그래? 그럼 다행이고."

영서가 손을 휘휘 저었다. 현일은 조금 안심이 되었다. 지난 생에서 영서는 상기의 이유로 병원에서 백혈병 진단을 받았다.

한데 그런 증상이 없다면 아직 암세포가 조금밖에 진행되지 않았다는 뜻일 것이다.

그러나 할 말은 해야 하는 법. 불판 위에 고기가 몇 점 안 남았을 때 현일이 본론을 꺼냈다.

"그래도 한번 건강검진이라도 받아봐."

"귀찮은데……."

영서가 머리를 긁적였다.

"얌마, 원래 그런 건 시간을 내서라도 하는 거야. 형이 용돈 줄 테니까 병원 가서 진단받고 하연이랑 맛있는 거 사 먹어."

"알았어."

현일이 지갑에서 노란색 지폐를 두 장 꺼내주자 영서가 방긋 웃으며 받아 들었다. 현일은 저 웃음이 영원히 지속되면 좋겠다고 생각했다.

그의 바람대로 이제 동생을 병으로 잃거나 자신의 것을 빼앗기는 삶은 가고 현일의 앞길에는 찬란한 영광이 함께할 것이다.

# Chapter 7
그린플러그드

현일은 'Make Me Famous' 멤버들 사이에서 그야말로 생명의 은인과도 같은 취급을 받는다고 해도 과언이 아니었다. 조금 과장해서 실제로 그들의 인생을 구원했다.

현일 본인의 생각은 그랬다.

"모두들 정말 잘해주셨습니다. 솔직히 말은 그렇게 했지만 정말 우승할 거라고는 생각하지 않았거든요."

그러나 그걸 겉으로 표현하지는 않았다. 만약 10년 전의 현일이라면 어깨와 목에 잔뜩 힘을 주고 감 놔라 배 놔라 했겠지만, 비단 회귀 전의 10년이라는 나이뿐만 아니라 인생의 쓴맛을 본 현일은 그동안 작곡가로서의 실력으로나 정신적으로나 많이 성숙해졌다.

그래도 '누구'만 생각하면 10대의 사춘기 소년처럼 되는 건 어쩔 수 없었다. 아니, 10년 전이라면 그렇게 좋은 노래를 쓸 수도 없었을 것이다.

"하하하, 이해합니다. 목표는 높게 잡는 것이 좋은 법이니까요."

물론 현일은 'MMF'의 파워스타 우승도 사실 100% 확신까지는 아니지만 반드시 이뤄내야만 한다고는 생각했다. 이하연도 주춤한 마당에 'MMF'까지 미끄러져 버리면 상당히 곤란해진다.

이내 현일과 남선호의 잔이 부딪치고 다른 멤버들의 술잔도 누가 더 큰지 경쟁이라도 하듯 짠 소리를 냈다.

우승을 기념하기 위해 'MMF'와 함께하는 최초의 회식이다. 그동안 서로 바쁜 탓에 일 외엔 좀처럼 만날 기회가 없던 탓이다. 게다가 파워스타로 인해 'MMF'는 이미 전국적으로 유명세를 얻고 있었다. 실제로 사람들이 'MMF'를 알아보고는 종종 사인을 받으러 오곤 했다.

'나한텐 관심도 없지만.'

그러나 현일은 그에 대해 신경 쓰지 않았다. 아니, 오히려 그쪽이 편했다. 음악은 함께하지만 귀찮음은 'MMF'의 몫으로 놔두는 게 나았다.

"그런데 하연 씨는 요즘 어때요?"

선현주가 물었다. MMF도 이하연에게 일어난 일을 잘 알고 있었다. 크진 않지만 음악 애호가들이 자주 활동하는 인터넷 커뮤니티에서 한동안 심심찮게 회자된 일이다. 그러나 다행히도 근거 없는 헛소문이라는 사실이 드러나 안타깝다는 이야기가 주된 여론이었다.

"괜찮아지고 있어요. 조금만 있으면 다시 무대에 설 수 있을 것 같습니다."

우려하던 대로 무대 공포증으로도 모자라 대인 기피증까지 생긴 이하연이지만 정신과 의사의 치료와 영서의 노력으로 잘 극복해 나가는 중이었다.

실제로 가수가 무대에서의 안 좋은 경험으로 그런 정신병을 앓는 것이 아주 드문 일은 아니었다. 이는 현일이 SH엔터테인먼트에 있을 때부터 잘 알고 있는 사실이다. 가수에게 무대 공포증이라니 일반 사람들이라면 상상도 못할 일이지만 그건 편견일 뿐이다. 연예인이라면 언제나 무대에서 당당할 것이라는 선입견. 그들도 결국 사람이었다.

현일은 그들을 보면 안타까웠지만 한편으론 인간미가 느껴지기도 했다.

"그나저나 그린플러그드 페스티벌 준비는 잘되고 있습니까?"

현일이 화제를 돌렸다.

"아, 마침 말이 나왔으니 하는 말입니다만… 염치불구하고 한 곡 더 빨리 만들어주셨으면 합니다."

"흠, 여섯 곡으로는 부족한가요?"

파워스타에서 선보인 곡이 무려 여섯 개였다. 타인의 노래가 아닌 오직 자신만의 노래로만 승부하겠다는 취지에서였는데 취지가 잘 먹혀든 것은 좋지만 정식 음반을 발표한 것도 아닌데 너무 빨리 소비해 버린 감이 없지 않았다. 'MMF'의 입장에서는 말이다.

"그게 그린플러그드 페스티벌의 기획자가 이번 공연에서 신곡을 발표하길 원해서서 말입니다."

현일은 남선호의 말에서 그 기획자가 누군지 대충 알 것 같았다.

"송정우 프로듀서 말이죠?"

"네? 그분을 아시나 봅니다?"

MMF는 현일에게 그린플러그드의 기획자와 만난다고 전하긴 했지만 그가 누구라고는 말하지 않았다. 그야 자신들도 만나기 전까진 정확히 누군지 듣지 못했다. 파워스타의 주선으로 만났을 때 송정우에 대해서 알게 되었다.

"네."

현일은 그저 고개를 끄덕일 뿐이었다. 이럴 때의 현일은 자세하게 설명해 주지 않는다는 걸 알기에 남선호는 더 이상 캐묻지 않았다. 게다가 작곡가가 무대 기획자를 안다고 해서 이상할 것도 없었다.

어쨌든 현일은 회귀 전 송정우를 몇 번 만난 적이 있었다. 그리고 그를 봤을 때 정말 의욕적이고 대담한 인물이라고 느꼈다. 이따금 가수들이 팬 서비스의 일환으로 미발표곡을 불러주는 경우가 있긴 하지만 대놓고 신곡을 불러달라고 요청하는 프로듀서는 거의 없었다.

현일이 눈을 반짝였다.

현일은 송정우가 아무한테나 그런 요청을 하지는 않는다는 사실 또한 잘 알고 있었다. 이는 그가 'MMF'에게 상당한 기대를 걸고 있다는 뜻이다. 그리고 송정우는 기브 앤 테이크가 확실한 사람이었다. 좌우지간 그린플러그드라는 큰 축제의 프로듀서이니 그의 기대에 부흥시켜 준다면 분명 좋은 일이 있을 것이다.

"그럼 오늘 바로 써서 내일 갖다 드릴게요."

무엇보다 공연 날이 다가올 때까지 노래 하나쯤 써주는 건 일도 아니었다. 꼭 도작이 아니더라도 10년 동안 일로든 취미로든 현일이 만든 수많은 음악이 머릿속에 있으니 그것들을 조금만 다듬으면 된다. 물론 하나하나가 전부 명곡일 수는 없겠지만 그럴 땐 초록색 그래프라는 누구보다 훌륭한 조수가 현일을 보조해 줄 것이다.

"하하하, 그거 참 듣던 중 반가운 소식입니다."

'MMF'가 보기에 현일은 참 신비한 인물이었다. 파워스타 때도 그랬다. 선보인 여섯 곡도 그냥 써준 것이 아니었다.

심사 위원들이 라운드마다 제시하는 키워드가 있는데 마치 그걸 다 예상이라도 한 듯 그에 맞는 곡을 써주었고, 심사 위원들이 곡을 지정해 줄 때도 순식간에 리메이크해서 가져왔다.

사실 현일도 10년 전 심사 위원들이 무슨 말을 했는지 하나하나 다 기억할 수는 없지만 그래도 음악이라는 것이 일단 곡 자체가 좋으면 어떻게 둘러대도 다 그럴듯하게 되어버리는 경향이 있기에 현일은 그 점을 노린 것이다.

"그냥 기본에 충실한 거죠. 작곡가로서의 기본."

현일은 별로 대수롭지 않게 말했지만 사실 본질을 정면으로 관통하는 일침이었다. 요리사는 맛있는 음식을 만들고, 가수는 노래를 잘 부르고, 작곡가는 좋은 곡을 만드는 것. 그게 기본이고 본질이다. 그리고 현일은 그 기본이 꽤 잘 잡혀 있는 작곡가였다.

"음……."

남선호는 침음을 흘렸다. 그 또한 현일의 말에서 깨달은 것이 있었다.

'기본에 충실하라.'

하지만 그것이 세상에서 가장 어려운 일일지도 모른다.

얼마 후, 회식이 끝나고 모두 각자의 집으로 돌아가는 길이다. 몇몇은 은근히 2차를 가고 싶어 하는 눈치였지만 남선호는 내일 아침에 일찍 일어나야 했기에 숙취를 겪는 건 사양이었다.

무엇보다 현일은 당장 그린플러그드에서 발표할 노래를 만들기 위해 밤낮으로 고생할 텐데 자신만 즐겁게 먹고 마시기는 싫었다.

남선호는 아까 현일과 회식 자리를 가질 때부터 계속 그 말을 되새겼다. 현일은 무심결에 던진 말이지만 남선호에겐 크게 와 닿았다.

"기본에 충실하라."

그렇게 중얼거리는 남선호가 갑자기 걸음을 멈추었다. 왜 그랬는지는 자신도 모른다. 그리곤 연습실로 발걸음을 돌렸다.

그리고 그가 연습실에 도착했을 땐,

"너도 온 거야?"

"어서 와."

연습 시간이 아닌데도 이미 다른 멤버들이 한창 연습에 몰두하고 있었다. 그리고 들어온 남선호를 반겨주었다.

"후, 보컬 없이 연주하니까 노래가 훨씬 더 좋아진 것 같았는데 말이야. 호랑이도 제 말 하면 온다더니."

박병욱이 장난스럽게 비아냥거렸다.

"너는 왜 여기 있냐? 공무원 시험에 떨어졌나 봐?"

"큭!"

"흐하하하!"

이 순간, 남선호는 정말 좋은 동료들을 만난 것 같다고 생각했다.

\*          \*          \*

'훨씬 깔끔하네.'

다음 날 현일은 'Make Me Famous'의 연습실을 찾아가 밴드원과 간단히 인사를 주고받은 후 바뀐 연습실을 둘러보았다.

조금만 움직여도 서로 부딪힐 것 같던 이전의 연습실과 다르게, 새로 옮긴 연습실은 숨통이 탁 트이는 넓은 공간을 뽐내고 있었다. 곰팡이 따위는 전혀 찾아볼 수가 없고 대리석으로 이루어진 바닥은 번쩍번쩍 광이 났다.

'장비도 다 새 걸로 바꿨고.'

찢어진 드럼이야 바꾸는 게 당연했고 일렉 기타와 베이스 기타도 바꾸었다. 신시사이저야 언제까지고 뮤직 홀릭에서 빌려 쓸 수는 없으니 파워스타에 나가기 전에 새로 샀지만 말이다.

그리고 예전엔 뭔가 먹먹하고 막힌 듯한 소리가 나오던 저가의 박스 모양 스피커는 갖다 버리고 홈시어터를 연상케 하는 고급의 음향 장비가 들어섰다. 물론 소리도 이젠 아주 깔끔하게 변했고, 스피커 앞에 서 있으면 쿵쿵 진동이 느껴질 듯하다.

'어쨌든 비싼 게 좋은 거니까.'

무엇보다 그들에겐 그럴 만한 자격이 있었다. 애초에 밴드가 좋은 장비를 산다고 해서 뭐라고 할 사람은 아무도 없겠지만.

"드시죠."

남선호가 콜라 한 캔을 가져와 현일에게 내밀었다.

"마침 목이 말랐는데, 감사합니다."

현일은 손에 받아 들자마자 캔을 따고 벌컥벌컥 들이켰다. 한 차례 숨을 돌리자 구석에 각종 배달 음식의 흔적이 보인다.

"설마 여기서 밤을 새운 건가요?"

"하하, 그게… 조금만 연습하다 가려 했는데 어느새 시간이 이렇게 흘렀지 뭡니까."

현일은 남선호의 대답에 빙긋 미소 지으며 말했다.

"열정은 좋지만 너무 무리하지는 마십쇼. 큰 행사가 얼마 안 남았으니까요."

이내 현일이 짐을 풀어 가져온 악보를 각자에게 나눠 주자 멤버들은 받은 악보를 천천히 눈으로 훑었다. 그러나 그 행동에 별다른 의미는 없다. 모차르트나 베토벤이 아닌 이상 연주를 해보기 전엔 뭐가 어떤지 모른다. 그래도 당연히 훌륭한 곡이라 믿어 의심치 않았다. 그만큼 'MMF'에게 받는 현일의 신임은 높았다.

현일은 남선호에게 몇 가지 사항을 알려주었다. 그러자 그 말을 들은 밴드 멤버들의 눈이 휘둥그레졌다. 작사에 참여하지 않는 사람은 빼고.

"앞으로 가사를 전부 영어로 쓰란 말입니까?"

"아, 혹시 영어를 못하시면 일단 한글로 쓰시고 저한테 메일로 보내주세요. 그럼 제가 번역해 드리겠습니다."

한국인인 현일이 한국어를 영어로 번역해 준다는 말이 같은 한국인인 남선호에겐 좀 이상하게 들렸지만 어쨌든 궁금한 건 그게 아니었다.

"뭐… 일단 작곡가님 말대로 영어로 쓰긴 하겠습니다만, 굳이 그래야 할 이유가 있습니까?"

"영어로 노래를 불러야 외국 시장을 노리기가 수월합니다. 한국어로 해봤자 기껏해야 아시아권이 끝입니다."

"…그렇다면 우리에게 빌보드 차트를 노리라는 건가요?"

남선호는 어릴 적부터 빌보드 차트의 노래를 들으며 자랐지만 빌보드에 오르겠다는 꿈은 가져본 적이 없었다. 아주 운이 좋다면 오리콘 차트 정도.

현일은 남선호의 질문에 속으로 고개를 끄덕였지만 아직은 'MMF'에게 그 정도까지 요구할 생각은 없었다.

"아니요, 말이 그렇다는 거죠. 유명해지면 일본에서도 노래할 기회는 있을 테니까요. 그리고 일본에서도 한국어보단 영어가 낫습니다. 아니, 어느 나라를 가든 영어가 낫죠. 어쨌든 영어는 세계 공용어인 만큼 외국인들에게 한국어보단 친숙한 것이 사실입니다."

현일이 콜라를 한 모금 홀짝이고 말을 계속했다.

"그리고 현재 일본의 신생 밴드는 가사를 영어로 쓰는 경우가 제법 많습니다. 세계화로 가는 수월한 길을 놔두고 굳이 멀고 험한 길을 걸을 필요는 없지요."

물론 실제로 전혀 외국을 노리고 만든 노래가 아닌데도 전 세계에서 폭발적인 인기를 얻은 우리나라 가수의 노래가 있긴 하지만 그건 정말 특별한 경우이다. 그런 걸 기대할 바에야 차라리 로또를 사는 것이 낫다.

"신스팝(Synthpop)이라는 장르 자체가 영어가 잘 어울리기도 하고요. 이건 그냥 제 생각입니다."

현일은 그렇게 말하며 어깨를 으쓱했다. 그러나 'MMF'도 그 말에는 어느 정도 동의했다. 원래 서양에서 탄생한 장르인 만큼 그쪽의 언어를 써야 잘 어울리는 것은 어찌 보면 당연했다.

"그런데… 외국은 둘째치고 그전에 우리나라 대중들이 좋아할까요?"

"네."

현일이 이렇게 단답을 하며 고개를 끄덕일 때면 왠지 모르게 현일의 눈빛과 목소리엔 확신이 담겨 있었다. 그리고 항상 기대한 결과를 가져왔다.

사실 영어권 국가를 제외하고 영어와 가장 친숙한 나라를 한국으로 꼽아도 이상할 게 없었다. 어릴 때부터 할리우드 영화를 보며 자라고, 그 뒤 어른이 되어서도 영어를 공부하는 나라이다.

물론 대부분의 사람이 영어 공부를 싫어하지만 공부와 문화를 즐기는 건 전혀 별개의 문제였다. 이미 회귀 전에 현일이 직접 경험했다. 영어로 쓴 케이팝은 하나의 트랜드였다.

미래의 대형 기획사들이 케이팝의 세계화에 힘쓰기 위해 가사를 영어로 쓰기 시작했던 것이다. 어떤 기획사에선 아예 앨범 전체를 영어로만 쓰기도 했고, 어떤 기획사는 앨범에 한국어 버전과 영어 버전을 같이 수록했으며, 어떤 기획사에서는 한국어 버전과 영어 버전 앨범을 따로 팔기도 했다.

어쨌든 그 세계화는 제법 성공을 이루었고, 이번 생에는 현일이 그 트랜드를 선점할 것이다.

얼마 후, 현일이 나가고 밴드는 새로 받은 곡을 연주하기 시작했다. 그리고 언제나 그렇듯 멤버들의 얼굴엔 빙그레 미소가 지어졌다. 정말 좋은 노래였다. 그리고…….

"정말 대단한 사람이란 말이야."

아닌 게 아니라, 현일이 주는 곡들은 특정한 형식에 얽매어 있지 않으면서도 3~5분 동안 기승전결이 아주 잘 이루어져 있었다. 게다가 그가 만들어주는 보컬의 선율을 부를 때면 마치 회사 일로 피곤에 절어 있을 때 집에 돌아와 따뜻한 침대에 눕는 기분이 들었다.

몇 번을 불러도 전혀 힘이 들지 않고 오히려 즐거웠다. 언제나.

'마력이 깃들어 있는 것 같다고 해야 할까?'

아쉬운 점이 있다면 하나의 곡을 분위기가 바뀌는 구간마다 잘라내어 평범한 구조의 곡으로 만들면 한 2~3개쯤의 서로 다른 곡을 만들어낼 수 있지 않을까 하는 점이다.

'그렇게 하면 작곡이 좀 더 수월해질 것 같은데… 뭐, 내가 신경 쓸 일은 아니지.'

현일도 다 생각이 있기에 자신만의 방식으로 곡을 만들어 가져오는 것이리라.

현일의 음악엔 가사를 제외하고 더 빼거나 추가할 것이 없었다. 그것은 이미 증명된 바였다. 많은 사람들이 인터넷에서 'Make Me Famous'를 검색하고, 그들의 음악을 듣고, 그들의 음악에 투표했고, 다음엔 어떤 노래일까, 신곡은 언제 나올까 궁금해했다.

정확히는 'MMF'가 연주하는 현일의 음악을 말이다.

기타를 몇 번 퉁기다가 펜을 잡은 남선호의 입꼬리가 슬며시 올라갔다. 오늘은 가사를 쓰는 게 별로 어렵지 않을 것 같았다.

$$*\qquad *\qquad *$$

현일은 한 통의 전화를 받았다.

영서의 건강검진 결과였다.

전화기 너머로 들려오는 묵직한 목소리에 과거로 돌아왔을 때부터 이미 예상하고 있었지만 그래도 눈시울이 붉어지는 건 어쩔 수가 없었다.

"흐어엉……."

영서는 현일이 전화를 받기 전에 이미 응급실로 이송되었다.

영서는 손목에 포도당이 가득 담긴 팩과 연결된 주삿바늘을 꽂고 병상에 누워 있고, 이하연은 그런 영서를 부둥켜안고 서 목 놓아 울고 있다. 그러다 간호사에게 중환자실이니 조용히 해달라는 요청을 받았는데 어쩌겠는가? 절로 울음이 나오는 것을.

불행 중 다행인 것은 만성 백혈병이 급성으로 변하기 전에 알아차리면 꾸준히 글리벡(만성 백혈병 치료용 항암제)을 복용하여 정상인과 같은 생활을 영위할 수 있다는 것이었다.

'그때만 생각하면… 정말 괴로웠어.'

회귀 전 현일은, 그러니까 무명이던 시절의 현일은 한 푼이라도 아끼기 위해 모든 보험을 다 해약했다. 현일이 인생을 살면서 한 짓들 중에서 가장 멍청한 짓이었고, 인생의 쓴맛을 절실히 경험한 계기가 되었다.

만성 백혈병 환자는 하루에 글리벡을 4정씩 복용해야 하는데 2013년 7월 글리벡의 특허가 종료되기까지 글리벡은 한 정에 약 2만 2천 원에 달했다.

보험이 없다면 말이다.

그것도 하루 이틀 먹는다고 끝날 일이 아니라 언제가 될지 모를 백혈병이 치료되는 날까지 먹어야 하는데 당연하게도 현일에겐 그걸 감당할 능력이 없었다. 그리고 이성호와…….

'이제 됐다. 더 이상 없어진 과거는 떠올리지 말자.'

오늘, 현재, 지금 당면한 현실에 충실하면 된다.

어쨌든 만성 백혈병은 언젠가 급성으로 전환될 확률이 높기 때문에 그렇게 되면 본격적인 치료를 받아야 하겠지만 지금으로썬 그저 약만으로 완치되기만을 바라는 수밖에 없었다.

\*　　　\*　　　\*

서울에서 열리는 5월의 최고이자 최대의 음악 축제인 그린 플러그드 페스티벌은 이틀 동안 하루에 10시간, 각각 SUN, EARTH, MOON, SKY, WIND, BUSKING 등 6개의 스테이지로 이루어져 있는데 'Make Me Famous'는 그중 첫날 스테이지의 마지막을 장식하는 것으로 20분의 공연 시간을 배정 받았다.

'영서랑 하연이도 같이 왔으면 좋았을 텐데.'

난지한강공원에서 열리는 그린플러그드 페스티벌엔 볼거리, 놀거리, 먹을거리가 제법 많았다. 현일에겐 공연 관계자에게만 주는 VIP 초대권이 있기 때문에 축제에서 제공하는 모든 상품을 50% 이상 할인된 가격에 이용할 수 있었다.

'그럼 뭐하나. 쓸 일이 없는데.'

그저 적당한 간식거리와 탄산음료 몇 잔 마시기 위해 네다섯 번 쓴 것이 전부이다. 영서와 이하연이 같이 왔다면 VIP 할인 혜택을 톡톡히 봤을 것이다. 영서야 못 오는 게 당연하지만 이하연은 영서가 아픈데 자신만 놀고 싶진 않다고 오지 않았다.

'어차피 놀러 온 건 아니니까.'

그래도 상관없었다. 여기저기 돌아다니며 시끌벅적 재밌게, 말 그대로 '축제'를 즐기고 있는 사람들을 보면 조금 부럽긴 하지만 어쨌든 현일은 직업이 직업이다 보니 어디까지나 이것도 일의 연장선이나 마찬가지였다.

'MMF'의 공연을 모니터링하고 신곡에 대한 관객들의 반응을 확인할 목적으로 온 것이다. 다른 뮤지션들의 공연은 애초에 관심도 없었다. 현일의 음악 취향과는 안 맞았으니까.

'그래도 참고하기 위해 보긴 하겠지만.'

얼마 후, 공연이 시작되고 한 시간이 흘렀다.

취향에 안 맞을지라도 가만히 앉아 노래를 듣는 것이 그렇게 힘든 일은 아니지만 아무리 좋아하는 것도 일로 하면 싫어지는 법이다.

뮤지션이 무대에서 노래를 부르면 현일은 그에 대한 청중의 반응을 즉각 관찰했다.

'반응이 안 좋네. 확실히 내 귀에도 이 노래는 딱히……'

예를 들면 인기 있는 노래가 나오면 환호는 둘째 치고 청중의 이목이 대부분 무대로 집중된다. 그러나 지금처럼 그저 그런 노래가 나오면 사람들은 무대를 보기는커녕 친구들과 얘기하며 웃고 떠든다.

특히 그린플러그드는 무대 앞에서 돗자리를 깔고 앉아 주전부리를 먹으며 즐기는 자유로운 분위기의 축제였기 때문에 그런 경향이 유독 심했다. 그러나 현일에겐 어떤 음악 축제보다도 청중의 반응을 확실하게 알 수 있는 곳이었다.

'휴, 드디어 끝났네.'

진행자가 말해주었지만 순식간에 머릿속에서 사라져 버린 이름을 가진 밴드의 지루한 공연이 끝났다. 팸플릿에 적혀 있겠지만 그 밴드는 현일이 그런 수고를 할 정도의 가치를 지니지 못했다. 그린플러그드에도 생각보다 어수룩한 뮤지션이 무대에 오르긴 하는 모양이다.

'…역시 이쪽 음악은 대중가요에 비해 힘들긴 한가 보네. SH에 있을 때는 별생각 안했는데.'

현일은 작곡가인 만큼 과거에도 수차례 우리나라 음악 시장의 크기에 대해서 질문을 받았다. 그때마다 '먹고살 만하다'고 대답했다. 그 이상도 이하도 아니었다. 하지만 직접 경험해 보니 우리나라 음악 시장은 좁았다. 아직은 말이다.

그렇게 생각하고 있을 때, 다시금 진행자의 목소리가 들려왔다.

"네~ XXXX의 공연, 정말 잘 들었습니다! 그럼 다음은 올해 파워스타에서 우승을 차지한 'Make Me Famous'의 무대가……."

"와아아아아~!"

그 즉시, 현일의 눈동자가 주변을 빠르게 훑었다. '파워스타 우승'이라는 말에 관객들은 즉각적으로 흥미를 보이며 시선을 무대로 향했다. 그리고 'Make Me Famous'에서 함성을 내질렀다.

현일은 씨익 미소를 지었다.

이제 'MMF'의 인기를 확인했으니 신곡에 대한 반응을 확인할 때였다.

네 곡을 불렀다. 관객들의 호응도 호응이지만 한 곡이 끝나고 남선호가 다음 곡의 제목을 말할 때마다 격하게 함성을 질러댔다. 그리고 흔히 '무대 매너'라고 하는, 곡의 하이라이트 부분을 관객들에게 넘겨줄 때면 한마음으로 노래를 불렀다. 관객들의 함성과 함께 현일의 입꼬리도 올라갔다.

'파워스타의 위력이 이 정도였나?'

그러나 현일은 고개를 저었다. 파워스타가 분명 'Make Me Famous'의 인지도를 드높인 것은 사실이지만 이건 명백하게 'MMF'의 음악을 진정으로 좋아하기에 나오는 반응이었다.

뿌듯하고 보람찼다. 누군가가 자신의 작품을 좋아한다는 것은 몇 번을 겪어도 정말 행복한 일이었다.

"그럼 다음 곡은 최근에 새로 쓴 신곡입니다."

"오, 정말?"

"분명 좋겠지? 기대되는데?"

신곡이라는 말에 대부분의 청중이 두 손을 들고 환호했다. 일부는 술렁거렸지만 당연하게도 부정적인 반응은 없었다.

'MMF'의 멤버들은 상당히 긴장되었다. 파워스타에서 익숙해 졌다고 생각했지만 새로운 것을 낸다는 건 언제나 떨리는 일이 다. 특히 그들 같은 신인 밴드에게는 더욱더 그랬고, 혹시라도 전부 영어인 가사가 청중에게 와 닿지 않을까 봐 걱정되기도 했다.

"제목은 'Provision'입니다."

'MMF'는 함성을 지르는 관객들을 한차례 바라봤다. 이런 큰 공연에서 신곡을 발표한 경우는 거의 없기에 반응은 더욱 격할 수밖에 없었다. 이내 'MMF'는 각자 악기를 쥔 손을 움직이기 시작했다.

*         *         *

['Make Me Famous' 다시 한 번 무대를 휩쓸다!]

—네~ 생방송 '뮤직 톡톡!'의 리포터 강예솔입니다. 이번 달 파워스타에서 우승을 거머쥔 'Make Me Famous'는 5월 최대 의 음악 축제 그린플러그드 서울에서 공연을 하게 되었는데요,

이미 일전에 선보인 바 있는 네 개의 곡과 더불어 'Provision'이라는 한 개의 신곡을 발표하여 열렬한 찬사를 받은 'MMF'의 인기는 거의 파죽지세로 치솟고 있습니다.

이 'Provision'은 가사가 오로지 영어로만 이루어져 있는데요, 그로 미루어볼 때 해외 진출을 노리고 있는 것이 아닌가 하는 의견도……

한편, 이번 곡은 GCM이라는 작곡가가 써주었다고 하는데요, 최현일이라는 작곡가와 동일 인물일 가능성이 높다는 전문가의 의견……

삑!

송정우가 리모컨의 전원 버튼을 눌러 TV를 껐다.

송정우 프로듀서의 사무실.

이틀 동안 열리는 그린플러그드의 공연이 모두 끝나고 'MMF'는 송정우와 함께 차를 마시며 이번 그린플러그드에 대한 평을 하는 음악 방송 프로그램을 보고 있었다.

그가 빙긋 미소 지으며 말했다.

"여러분 덕분에 올해 그린플러그드는 매우 성공적이었습니다. 아시다시피 개최를 시작한 지 이제 세 번째인지라 여전히 손봐야 할 부분이 많다고 느낍니다만 그래도 한시름 덜었습니다. 하하하!"

축제는 올해로 세 번째 열린 것이지만 사실 송정우는 그린플러그드를 올해 처음 맡았다. 어느 업계에서나 마찬가지겠지만 계속해서 치고 올라오는 젊고 유능한 기획자들은 물론이고 기성 기획자들과의 경쟁 속에서도 살아남아야 하는 판국에서 더 높이 올라설 기회를 잡은 셈이다.

송정우가 'MMF'의 신곡 발표 사실을 언론에 흘리자 자연스레 관객이 모여들었다. 결과적으로 'MMF'가 공연하는 20분 동안 관객의 이탈률이 현저히 줄었고, 둘째 날의 관객 수는 크게 늘었다. 그리고 그 신곡 발표를 따낸 것이 본인이다.

그렇기 때문에 하는 일이 그린플러그드밖에 없는 건 아니지만 아무리 상황이 안 좋더라도 내년에도 그린플러그드의 프로듀싱은 보장된 것이나 다름없었다.

잠시 후, 벌컥 문이 열리고 송정우와 비슷한 인상의 사내가 들어오자 'MMF'는 손님을 맞기 위해 자리에서 일어났다. 송정우와 사내는 서로 악수를 하며 반가움을 표했다.

"정우야, 잘 지냈냐?"

"덕분에. 인사해, 이쪽이 그분들이셔."

인디 밴드가 지상파 음악 채널에 출연하는 것은 정말 쉽지 않은 일이다. 그렇기에 송정우가 처음에 지상파 음악 방송의 프로듀서에게 소개해 주겠다고 했을 때 어리둥절했다. 원래라면 자신들이 찾아가야 할 텐데 프로듀서가 직접 여기로 오겠다고 하니 말이다. 그리고 그 의문은 얼마 지나지 않아 풀렸다. 어쩐지 이름이 비슷하더라니, 역시나 둘은 형제였다.

"반갑습니다, 송인우입니다. 인기 음악을 진행하고 있습니다."

"안녕하세요. 'MMF'의 남선호입니다."

"선현······."

"박······."

송인우와 멤버들은 돌아가며 인사를 하고 모두 자리에 앉았다.

*　　　*　　　*

레이지 레코드.

최근 한준석이 있는 돈 없는 돈 죄다 끌어 모아 다시 사업에 뛰어들어 설립한 회사의 이름이다.

불운하게도 그는 승승장구하던 몇 개의 사업이 실패하여 종류별로 가지고 있던 외제차, 교통과 문화의 중심지에 자리 잡은 집까지 팔아 변방의 원룸으로 이사해 다시 날아오를 날만을 기다리는 중이었다.

레이지 레코드는 음반 제작사로서 여러 오디션 프로그램에서 제법 좋은 성적을 낸 뮤지션들에게 접근해 음반을 제작해 주었다. TOP3에 들지 못하면 어차피 대형 기획사와 손잡을 길은 요원해지기 때문에 그들로서도 손해 볼 것이 없었다.

처음엔 일부러 적자를 감수해 가며 사업을 진행했다. 만약 이번에도 실패했다면 정말 재기 불가능할 수도 있었지만 썩어도 준치라는 말이 있듯이 한준석 특유의 사업적 수완과 그동안 사업을 하며 쌓아둔 인맥을 통한 적극적인 마케팅으로 서서히 흑자로 전환하고 있는 상태였다.

'한 사장님, 우린 분명 좋은 파트너가 될 수 있을 겁니다. 부디 잘 생각해 보셨으면 좋겠습니다.'

한준석은 방금 막 자신의 사무실을 떠난 이성호의 말을 떠올렸다.

현일의 전생에서는 한준석의 7번째 사업도 망했다는 소문이 돌았지만 사실과는 달랐다. 한준석은 레이지 레코드를 SH엔터테인먼트에 팔고 SH에서 한자리를 차지했다. 남 밑에서 일하는 건 싫었지만 또 실패하면 정말 방법이 없었으니 안전한 길을 선택한 것이다. 그러나 이번엔 그에게 하나의 선택지가 더 있었다.

한준석은 이성호가 남기고 간 서류를 테이블에 내려놓았다. 자리에서 일어나 예전에 영화관에서 받은 팸플릿에 끼워놓은 종이를 꺼내고는 6개월 전 만난 같은 단지에 살고 있는 청년을 회상했다.

'…아니면 저와 함께 이 세상을 바꿔보시겠습니까?'

그렇게 말한 청년의 눈빛은 열정으로 빛나고 있었다. 왠지 모르게 처음 마주친 순간부터 느껴졌다. 자신 못지않게 고달픈 인생을 살았지만 이젠 날개를 펼칠 때가 왔다는 것을.

한준석은 현일을 꾸준히 지켜보고 있었다. 처음에는 반신반

의했지만 이젠 확신으로 다가왔다. 6개월을 기다려 달라고 했고, 6개월 뒤에 'MMF'라는 작품을 세상에 내놓음으로써 자신의 가치를 증명했다. 그에겐 정말로 무언가가 있었다.

'어쩌면 내가 정말 스티브 잡스를 만난 걸지도 모르겠어.'

**Chapter 8**
GCM엔터테인먼트

"와~ 여기가 연습실이에요?"

"어때? 마음에 들지?"

"당연하죠! 이젠 민원 들어올 일은 없겠어요."

"그래, 그래."

현일은 이하연에게 새로 얻은 연습실을 공개했다.

그동안은 방음벽이 설치된 현일의 집에서 노래를 부르곤 했지만 현일과 이하연의 집이 가깝지도 않고 요즘은 현일이 집에 없는 시간이 많았다. 그래서 별수 없이 이하연은 자신의 집에서 종종 노래 연습을 했는데 결국 이웃집에서 민원이 들어온 것이다.

때문에 이하연의 편의를 위해 그녀의 집과 가까운 상가 건물의 호실 하나를 임대하여 구역을 나누고 자유롭게 노래를 부를 수 있는 연습실과 녹음실을 만들어 필요한 장비를 사들였다.

'어차피 언젠가는 필요했으니 좀 일찍 얻어서 나쁠 건 없지. 요즘 여유도 있고.'

'Make Me Famous'가 순조롭게 성공 가도에 올랐기 때문에 현일의 통장은 제법 여유로웠다. 여러 곳에서 공연 섭외가 들어오는 것은 물론이고 지상파 음악 방송과 CF 제의까지 받고 있는 상황이다. 가만히 둬도 무럭무럭 자랄 것이다.

때문에 남선호가 현일에게 의사를 묻긴 했지만 알아서 하도록 내버려 두었다. 현일은 작곡가이지 'MMF'의 매니저가 아니었다.

'당연히 수익은 나눌 거지만.'

CF를 찍는다면 말이다. 그러나 현일은 'MMF'가 CF나 예능 프로그램에 출연하지 않을 것 같았다. 애초에 오로지 노래로 승부하길 좋아하는 사람들이 모여 만들어지는 게 인디 밴드이다.

'아니면 그냥 취미로 하거나.'

'MMF'는 전자(前者) 쪽에 가까웠다. 음악을 파는 것이 그들의 생계 수단이긴 하지만 음악을 통해 2차적으로 큰돈을 벌 생각이었다면 인디 밴드를 하지 않았을 터이다.

그런 생각을 하며 몇 가지 테스트를 하고 이내 완벽한 방음 처리가 된 녹음실의 마이크를 타고 현일의 헤드폰에서 이하연의 목소리가 들렸다.

"시작할게요."

현일이 유리창 너머의 이하연에게 손가락으로 OK 사인을 만들어 보였다. 이미 AR은 있지만 그저 단칸방에서 조촐한 장비로 녹음한 것과 전용 녹음실에서 전문가용 장비를 두고 하는 녹음은 결코 차이가 작지 않았다.

믹싱이나 마스터링도 마찬가지이다.

만들어 두었던 AR도 써먹을 수는 있다. 데모CD(뮤지션이 자신의 음악을 홍보하기 위해 저퀄리티의 음원을 CD에 담은 것. 흔히 무료로 나눠주기도 한다)로 만들면 된다.

실제로 그렇게 할 생각도 있었다.

얼마 후, 녹음을 중지한 현일과 이하연은 배달 음식으로 허기진 배를 달래고 있었다. 젓가락으로 면을 비비는 소리가 고요한 녹음실에 울려 퍼졌다. 듣기만 해도 군침이 돌았다.

메뉴는 평범한 자장면과 탕수육이지만 새 연습실에서 먹는 맛은 또 각별했다.

현일은 자장면을 후룩 한 젓가락 입에 넣었다. 그러고는 탕수육의 포장을 뜯으며 입안에서 잘게 다져진 자장면을 목으로 넘기고 말했다.

"부어 먹을까, 찍어 먹을까?"

현일의 질문에 젓가락을 놀리던 손을 멈추고 잠시 고민하던 이하연이 이내 어깨를 으쓱했다. 아무래도 좋다는 뜻이다.

'나랑 같네.'

부먹이냐, 찍먹이냐. 자장면이냐 짬뽕이냐와 양대 산맥을 이루는 영원히 해결되지 않을 중국 음식계의 고난도 문제이다. 물론 전자는 후자에 비해 선호도가 비교적 명확하게 갈리지만 사실 현일은 어느 쪽이든 상관없었다.

아니, 애초에 그런 걸로 논쟁을 벌이는 사람들이 이해가 되질 않았다.

"그럼 찍어 먹자."

"네."

그런 면에서 현일은 온건 찍먹파라고 할 수 있었다. 원래는 찍어 먹자는 사람이 없으면 부어 먹는 편이었는데 그러다 실수로 한 번 소스를 엎지른 적이 있었고, 그 뒤로는 찍어 먹기 시작한 것이다.

어쨌든 현일은 가지고 있던 의중을 꺼냈다.

"아직도 마음에 담아두고 있는 거야?"

"죄송해요."

이하연이 고개를 푹 숙이며 말했다. 과거 유은영의 사건과 영서의 백혈병 소식까지… 이 여린 소녀에겐 너무나도 커다란 마음의 짐일 것이다. 그 때문인지 녹음이 순조롭게 진행되지 못했다. 음원이야 보정하면 되겠지만 언제까지 이런 상태로 할 수는 없었다.

현일이 고개를 저었다.

"네가 사과할 일은 아냐."

"…네."

그녀는 아무것도 잘못한 게 없으니까.

프로로서의 자질이 의심된다는 비판은 들을 수 있지만, 이제 시작하는 지망생에겐 충분히 혹독한 상황일 수 있다고 생각했다.

'뭔가 도와줄 수 있는 방법이⋯⋯.'

그렇게 현일이 고민하고 있을 때 전화기가 울렸다.

'누구지? 동창? 스팸 전화? 아니면⋯⋯.'

모르는 번호였다. 내심 대가수가 작곡 의뢰를⋯⋯.

'할 리는 없겠지.'

아직 현일에게 그 정도까지의 명성은 없었다. 속으로 고개를 저으며 전화를 받았다.

"여보세요."

—잘 지내셨습니까? 저 한준석입니다, 작곡가님.

'때가 왔구나.'

현일이 미소를 지었다.

*　　　*　　　*

현일은 한준석과 통화를 마치고 이하연에겐 자율 연습을 시킨 뒤 곧장 레이지 레코드 사무실로 달려갔다.

한준석은 반기는 표정이었지만 어쩐지 분위기가 좋지 않았다.

"설마 한 사장님이 음악업계에서 사업을 하고 계실 줄은 몰랐습니다. 기막힌 우연이로군요."

"글쎄요. 어쩌면 운명일지도 모르지요."

현일이 가라앉은 분위기를 띄우기 위해 농담을 던졌건만 되돌아온 것은 의미심장한 무엇인가였다. 현일이 그에 의문을 표했다.

"예?"

"제가 사실 그런 걸 조금 믿는 주의라… 쯧, 아닙니다. 요즘 여러모로 굴곡이 있다 보니 괜히 실없는 소리를 한 것 같습니다."

한준석은 잠시 과거를 회상했다. 생각해 보면 이전의 사업들은 모두 음악과는 별 연관이 없었다. 한데 왜 하필 이번엔 음악쪽에 손을 댄 것일까. 아마 현일을 처음 본 순간 그에게 영향을 받은 것이 아닐까 생각했다.

'두 거장의 만남이라……. 난 그런 영화 같은 이야기를 기대한 것인지도 모르겠군.'

그저 영화일 뿐일까? 그러나 한준석의 사업적 감이 말하고 있었다. '바로 이자다!'라고.

그렇게 생각하며 한준석은 차를 한 모금 홀짝이고는 찻잔을 접시 위에 내려놓으며 입을 열었다.

"우리 회사는 음반을 제작하는 회사죠."

현일이 고개를 끄덕였다. 회사의 이름부터가 그를 표명하고 있는데 모를 리가 없다. 한준석이 말을 이었다.

"작곡가님도 직업이 직업이니만큼 알고 계시겠지요. 음반 제

작사는 분명 한계가 명확합니다. 다행히 지금 회사의 재정은 흑자로 전환된 상태이지만 갈수록 실물 음반의 판매량은 줄어들 테니까요."

"그렇겠죠."

이쯤에서 현일은 한준석의 의도를 눈치챌 수 있었다. 그의 말은 사실이다. 하나 시대를 선도하는 음악을 담은 음반이라면 얘기가 다르다. 게다가 현일과 한준석은 서로의 부족한 부분을 보완해 줄 수 있었다.

한준석은 고품질의 음악을 만들어줄 사람이 필요하고, 현일은 그런 음악을 팔아줄 사람이 필요했다. 다른 기획사나 유통사에게 저작권 수익을 뜯기지 않을 사람이.

물론 한준석에겐 SH엔터테인먼트라는 선택도 있지만 세상엔 보장된 설탕물보다 가능성이 담긴 한 명의 인재를 선호하는 사람이 있다. 그리고 한준석은 후자의 인물이었다.

'그리고 SH엔터테인먼트는 분명 뭔가 구린 구석이 있다.'

대형 기획사인 SH가 어째서 새 발의 피일 뿐인 레이지 레코드에 관심을 가진 것일까. 한준석은 그것이 이상했다. 이내 한준석은 상념을 떨쳐내고 본론을 꺼냈다.

"작곡가님이 저를 처음 만나셨을 때처럼 단도직입적으로 말씀드리겠습니다. 같이 잘해봅시다."

한준석이 손을 뻗었다.

"물론입니다."

현일이 그 손을 맞잡았다.

바야흐로 한국 대중음악 역사에 전설로 기록될 GCM엔터테인먼트의 탄생이었다.

\*　　　　\*　　　　\*

계약이 체결되었다.

모든 것을 5 : 5로 나누었고, 회사 이름은 GCM엔터테인먼트로 내정되었다. 한준석은 회사 이름엔 별로 신경 쓰지 않았기 때문에 흔쾌히 그러자고 했다.

외적으로만 보면 한준석이 상당히 손해를 보는 것 같지만 딱히 그렇지도 않았다.

사실 기획사를 설립하는 데 있어서 가장 중요한 사람 중 하나가 바로 작곡가라고 할 수 있다. 그것도 아주 유능한 작곡가가.

어찌 보면 당연하다. 가수는 결국 노래를 부르는 사람이고, 노래를 부르려면 노래를 만들 사람이 필요하니 말이다.

뿐만이 아니라 신인 가수가 데뷔했다 하면 대박을 터뜨리는 여러 메이저 기획사들의 사장만 봐도 알 수 있었다. 그들은 모두 전직 가수이거나 작곡가, 혹은 둘 다인 경우가 대부분이었다.

그리고 무엇보다도 현일에겐 은퇴하는 그날까지 함께할 신뢰할 수 있고 한창 인기 구가 중인 밴드도 있었다. 그리고 한준석은 현일이 그런 가수들을 앞으로 더 만들어낼 것이라 믿어 의

심치 않았다.

어쨌든 현일은 즉시 'Make Me Famous'의 디지털 음원을 판매하기 시작했다. 아쉽지만 지금은 양보해야 하는 부분도 있었다.

아직은 GCM엔터테인먼트의 네임벨류가 없기 때문에 독자적인 음원 판매 사이트를 만드는 것보단 차라리 '네버'나 '수박' 같은 곳에서 팔고 그들에게 수익의 큰 부분을 떼어주는 게 나았다.

너무 기다려도 안 된다. 한창 주가가 올랐을 때 팔아야 한다.

'얼마나 팔렸는지 한번 볼까?'

현일은 작업실의 컴퓨터로 인터넷에 접속했다.

'드디어 10위권에 진입했나.'

국내 1등 디지털 음원 판매 사이트인 수박에서 'MMF'가 그린플러그드에서 발표한 신곡이 종합 순위 9위를 차지하고 있었고, 나머지 곡들도 모두 20위권 안에 진입해 있었다. 10위권에 진입하면 홈페이지 메인 화면에서 노출도가 상당히 높고 한준석이 마케팅은 어련히 알아서 잘할 것이므로 앞으로 순위는 꾸준히 오를 것이다.

더군다나 음원을 공개한 지 3일 만에 이룬 쾌거이다. 그렇지 않아도 'MMF'에게서 시도 때도 없이 감사하다는 전화가 와서 몇 위까지 올랐을지는 대충 알고 있었다. 이제 그들의 지갑도 제법 두둑해질 것이다.

이내 현일은 'MMF'의 곡들에 한 번씩 좋아요 버튼을 클릭한 후 다시 작업에 몰두하기 시작했다.

'끄응, 감이 잘 안 잡히는데…….'

현일은 이하연의 문제를 해결해 주기 위해 깊이 고심했다. 비단 그녀뿐만 아니라 영서에게도 해당되는 문제였다.

'음악으로 어떻게 해줄 수는 없을까?'

마음의 짐을 덜어주고 웃고 긍정적인 마음을 가지면 질병에도 효과가 있다는 통계처럼 자신의 음악으로 그렇게 해볼 심산이다. 백혈병이 100% 낫는다는 보장이 없는 이상 할 수 있는 건 다 해봐야 하지 않겠는가.

그러나 현일은 지금껏 아무 생각 없이 즐길 수 있는 대중음악에만 주력했지 어떠한 소명 의식을 가지고 작곡을 해본 적이 없었다.

물론 동생의 치료비라는 목적이 있긴 했지만 지금 현일의 통장엔 이미 동생 하나 정도는 충분히 감당할 수 있을 만큼의 액수가 적혀 있었다.

그러나 동생이나 이하연 본인에게 직접 뭘 해줄 수 있다는 생각은 해본 적이 없었다. 아니, 할 수가 없었다. 막말로 현일이 의사도 아니니까.

몇 번 비주류 음악도 만들어본 적이 있긴 하지만 그냥 취미 생활일 뿐이었다.

현일의 능력.

신이 현일에게 그저 돈이나 많이 벌라고 준 것일까? 그건 아닐 것 같았다. 어딘가 다른 곳에 쓸 데가 있을 것만 같은 느낌이 들었다.

"왜 그렇게 어깨가 축 처져 있으세요?"

이하연이 차가운 콜라 한 캔을 내밀며 말했다.

"후, 그냥 곡이 잘 안 써져서."

현일이 캔을 받아 들며 한숨을 내쉬었다.

이하연은 역시 현일도 사람이란 생각이 들었다. 마치 곡 쓰는 기계처럼 주문만 하면 주옥같은 명곡들을 착착 만들어내는 줄 알았는데 다 이렇게 고뇌에 고뇌를 거듭하면서 작곡을 한 것이다.

'하긴 그러니까 그렇게 좋은 노래들을 만들 수 있겠지.'

이하연은 그렇게 생각했다.

"영서 때문에 그런 거죠?"

현일은 고개를 끄덕였다. 반은 맞고 반은 틀리지만.

"힘내세요. 파이팅!"

이하연이 싱긋 미소 지으며 응원 포즈를 취했다. 현일은 그런 그녀를 가만히 쳐다보았다. 정확히는 그녀로부터 보이는 그래프를.

"…제 얼굴에 뭐 묻었어요?"

이하연은 기운을 북돋아주려고 민망함을 무릅쓰고 응원해 줬는데 정작 현일에게서 아무 반응이 없자 괜히 무안해졌다. 그리고 갑자기 체온이 높아졌다. 어색해진 분위기를 애써 회피하기 위해 그녀는 폰으로 자신의 얼굴을 살폈다.

"…어?"

정말 뭐가 묻어 있긴 했다. 자신의 이 사이에 낀 붉은 고춧가루를 발견한 이하연은 새빨개진 얼굴을 두 손으로 감싸 쥔 채 재빨리 화장실로 도망쳤다.

"흐음……."

미묘했다.

그 그래프는 마치 감정을 표현하는 것 같은 느낌이다. 아무 멜로디 없는 검은색의 선 사이에서 불협화음을 이루는 붉은색의 선들. 발랄한 그녀의 성격과 대비되는 우울한 이하연의 감정을 말이다.

'아니면 전달되는 것 같다고 해야 되나, 와 닿았다고 해야 되나?'

원래 현일의 그래프는 음악 작업을 할 때나 노래를 듣고 있을 때가 아니면 나타나지 않았다. 한데 이번엔 그저 대화를 했을 뿐인데도 나타났다.

'능력이 진화한 건가?'

그렇다면 '이제는' 일상적인 대화를 할 때도 나타난다고 봐야 하는 것이 옳을 것이다. 아니, 어쩌면 원래부터 가능한 것을 지금에서야 깨달은 것일지도 모른다. 그렇다면 왜 하필 지금일까? 왜 하필 그녀에게서 처음으로 보였을까? 그 이유는 어렵지 않게 추측할 수 있었다.

'하연이는 감정 표현이 분명하니까 그렇다치고… 내 심경의 변화 때문이려나?'

어쨌든 현일은 이하연 덕분에 영감을 얻을 수 있었다. 현일이 의사는 아니지만 사랑하는 사람을 도와주고 싶다는 열망.

지금 당장 곡을 쓸 수도 있겠지만 확신이 필요했다. 아무래도 다른 사람들에게서 힌트를 얻는 것이 좋을 것 같았다. 치료를 받아야 하는 사람들이 많은 곳.

현일은 영서의 얼굴도 볼 겸 즉각 일어나 병원으로 향했다.

"오늘은 왼손에 꽂아드리겠습니다."

현일이 병실에 들어서자 푸른색의 그래프를 그리는 고운 음색을 가진 간호사가 막 영서의 포도당 팩을 갈아주고 있었다. 선천적으로 그런 건지 환자들을 돌보며 간호사로서의 노하우가 쌓인 건지는 몰라도 듣기만 해도 심신이 안정되는 듯한 목소리였다.

침대에 걸터앉아 있던 영서는 나타난 현일에게 빙긋 웃어 보였다. 현일도 그런 영서에게 미소를 지어 보였다.

"좀 어때?"

"괜찮은 것 같기도 하고… 잘 모르겠어."

"약은 먹었어?"

"당연하지. 안 먹으면 죽는다구."

영서가 살벌한 농담을 던졌다. 농담인 걸 알기에 현일은 그저 피식 웃어주었다. 글리벡이라는 약. 누가 만들었는지는 몰라도 현일은 개발자가 전 재산을 내놓으라면 그럴 수도 있을 것 같았다.

아무튼 현일은 병원으로 오면서 수많은 사람들의 그래프를 봤다. 그리고 수많은 감정을 느낄 수 있었다.

"형. 'MMF', 음악 방송에 나온 거 봤어."

"그래? 어땠어?"

"음, 후반부의 기타 솔로도 좋고 보컬도 좋고… 뭐라고 해야 되지? 계속 생각나고 듣고 싶어진다고 해야 하나? 아무튼 되게 좋던데?"

영서가 뮤지션이 아닌 만큼 자세한 평을 기대할 수는 없지만 확실히 그런 곡이다.

"잘 만든 것 같아?"

잘 만들었다. 누구보다 그 사실을 잘 아는 것이 현일 본인이다. 하지만 그걸 다른 사람 입을 통해 듣는 것은 또 다른 기쁨이었다.

영서가 고개를 끄덕였다.

"어. 'MMF' 노래 만든 작곡가가 형이라고 하니까 주위에서 사인 받아달라고 난리라니까."

영서가 질린 눈이 되어 고개를 절레절레 흔들었다. 반면 현일은 기쁜 마음으로 주머니에서 수첩과 펜을 빼들었다. 회귀 전에도 그랬지만 작곡가는 대중에게 얼굴을 드러내는 직업이 아니기에 웬만한 스타 작곡가가 아닌 이상 팬에게 사인을 받는 것은 요원한 일이다.

솔직히 사인 요청을 받으면 귀찮긴 하지만 이번만은 예외였다.

"동생의 친구들이라면 마땅히 사인을 해줘야지! 몇 장이나 필요한데?"

"아니… 형 말고 'MMF' 사인 말이야."

"아, 하하하!"

어쨌든 영서의 목소리에서도 많은 것을 얻을 수 있었다. 그저 현일의 착각이 아니라면 일상적인 대화를 할 때의 그래프는 그 사람이 지금 가지고 있는 외면과 내면의 감정을 표현하는 것이 분명했다.

중환자실에 있는 환자들의 심정은 대부분 '불안감'이다. '살날이 얼마 남지 않았을지도 모른다', '병원비를 감당하기가 힘들다', 하는 것들이었다. 그리고 가족들에게 갖는 미안함까지.

'내가 그런 부분을 건드려 줄 수만 있다면……'

예를 들면 몇 개의 곡을 만들어 Make Me Famous나 이하연을 데려다가 '힐링 뮤직' 같은 이름으로 전국의 암 환자를 위한 자선 공연을 여는 것이다.

'둘 다 써도 좋고. 아니, 영서도 볼 테니까 꼭 하연이를 넣는 게 좋겠지.'

물론 GCM엔터테인먼트는 자선단체가 아니고 현일도 자선사업가가 아니다. 누군가가 현일에게 자선사업을 하자고 하면 단호하게 싫다고 말할 것이다. 그러나 이건 꼭 할 필요가 있었다. 단순한 선의가 아니라 앞으로 일어날 일에 대비하려면 여론의 지지가 필요했다.

'아직 GCM은 SH에 비해 너무 작으니까.'

그러나 현일은 SH엔터테인먼트에 강렬한 한 방을 먹이고 곧 한국의 각종 음원 차트 1위의 자리를 석권할 유은영을 바닥으로 끌어내릴 구상을 하고 있었다.

'충분히 실현 가능해.'

회귀 전 최고의 연예 기획사를 꼽으라면 사람들은 단연 SH엔터테인먼트를 가리켰을 것이다. 그리고 거기엔 유은영이 정말 큰 역할을 해주었다. 하지만 이제 유은영이라는 디딤돌은 SH에게 걸림돌이 될 것이다.


\*　　　　\*　　　　\*


똑똑.

문을 두드리는 소리가 들린다.

"들어오게."

푹신한 의자에 다리를 쭉 뻗고 뒷머리에 손을 얹은 채 편안하게 눕듯이 앉아 있던 이성호는 문이 열리자 자세를 바로 했다. 이 회사에서 자신보다 높은 사람은 없지만 괜히 긁어 부스럼을 만들 필요는 없었다.

이내 집무실에 들어선 비서는 자신의 상사에게 간단히 고개를 숙여 인사했다. 이성호는 그의 두 손에 들려 있는 몇 장의 서류를 턱짓으로 가리키며 말했다.

"뭔가?"

"저번에 얘기하신 레이지 레코드에 관한 건입니다."

"올려놓고 가게."

"네, 그럼."

비서는 재차 고개를 살짝 숙인 뒤 사장 집무실을 벗어났다. 이성호는 서류를 집어 들었다.

"흠, 결국 거절했나."

한준석의 거절 의사와 GCM엔터테인먼트의 설립에 관한 자료였다.

하룻밤 사이에도 몇 개의 기획사가 뜨고 지는지는 알 수 없다.

물론 이성호가 마음만 먹으면 조사하지 못할 것도 없지만 이미 SH를 비롯한 몇 개의 메이저 기획사가 이쪽 업계에서 굳건하게 자리를 잡은 상태라 관심을 가질 가치도 없었다.

하지만 GCM, 정확히는 레이지 레코드에게만은 관심이 있었다. 기울어가는 음반 사업에 뛰어들어 수익을 거둔 것은 정말 수완이 좋은 것이었기 때문이다.

'그게 문제란 말이야.'

서류를 읽어 내려가는 이성호의 미간이 좁혀졌다.

현재 실물 음반 시장은 '날아라 레코드'가 거의 독점하다시피 하고 있는 상태였다. 그럴 일은 없겠지만 만에 하나라도 '레이지 레코드'가 '날아라 레코드'를 넘어서는 날이 오게 되면 상당히 곤란했다.

그 '날아라 레코드'가 바로 SH엔터테인먼트의 협력 회사였기 때문이다.

지금이야 SH가 비교하기 힘들 정도로 '날아라 레코드'에 비해 커졌지만 옛날 옛적 SH가 '날아라 레코드'보다 작을 때부터 그저 계약적인 관계가 아니라 아주 긴밀한 협력으로 이루어진 관계였다.

한준석에게 제안한 것은 그의 능력을 인정했기 때문이지만 그냥 자신의 제안을 거절하고 '레이지 레코드'로 남았어도 별 상관이 없었다. 언젠가 망해 없어질 테니까.

그런데 이제 만의 하나의 경우가 생겨 버렸다.

'GCM엔터테인먼트라……'

최근 들어 한창 주가를 올리고 있는 'MMF'를 키워낸 최현일이라는 유망한 작곡가와 한준석이 공동 설립한 기획사이다. 'MMF'를 단순히 운으로 치부할 수도 있었다. 하지만 이성호는 그렇지 않다는 예감이 들었다.

'분명 크게 성장할 거야.'

불길한 예감은 빗나가지를 않는다는 말처럼 GCM엔터테인먼트의 성장은 이성호에게 상당히 불길한 징조였다.

'다른 거라면 몰라도 하필이면 레코드 회사라니……'

차라리 처음부터 기획사로 시작할 것을.

그랬다면 얼마든지 경쟁에서 이길 자신이 있었다. 게다가 현재 '날아라 레코드' 또한 쌩쌩하다. 충분히 시간이 있었다.

'아니, 너무 쓸데없는 고민인가?'

아직은 아무것도 확정된 게 없다. 현재 메이저 기획사가 이 시장을 꽉 쥐고 있는 판국에서 신생 기획사가 뭘 어찌할 수 있을까. 요즘 여러 가지 일로 바쁘다 보니 신경이 좀 예민해졌나보다.

이성호는 그렇게 판단했다.

'당장 신경 쓸 필요는 없지.'

＊　　　＊　　　＊

아주 좋은 기세였다. 현일의 머릿속에서 계속해서 영감이 떠올랐다.

여러 감정이 담겨 있는 그래프를 토대로 기타 줄을 튕기고, 건반을 누르고, 드럼을 두드리면서 순조롭게 작곡이 진행되어갔다.

작업실에 이것저것 들여놓는다고 수천만 원을 소비했지만 전혀 아깝지 않았다. 상대의 취향을 분석해 그걸 곡에 녹여낼 수 있다는 것은 작곡가에겐 대단한 이점이다.

그렇다고 그 한 사람만을 위한 노래를 만들 수는 없지만 지금까지의 경험으로 비추어보면 현일에게 보이는 초록색 그래프는 확실히 대중의 선호를 반영하기에 분명 좋은 곡이 나올 것이다. 시험 삼아 샘플을 재생해 보니 현일의 귀에도 썩 좋은 노래였다.

다만 한 가지 걱정되는 것은 평온함을 주기 위한 노래여서 그런지 곡이 전반적으로 고요하고 잔잔한 분위기라는 점이었는데 요즘의 유행과는 잘 맞지가 않았다.

한 번은 호기심에 정신병원에 있는 환자들의 그래프를 조사해 태블릿으로 간단히 작곡을 해보았더니 상당히 기괴한 노래가 나와서 바로 폐기 처분해 버렸다.

들고 있으면 정신이 여러 개로 쪼개지는 것 같은 느낌이었다. 애초에 그들에게선 초록색 그래프 자체를 찾아볼 수가 없었다.

'정신병이 그리 깊지 않다면 몰라도 이미 걷잡을 수 없는 환자들은……'

대단한 예술 작품을 감상하고 심신이 안정되면 종종 '치유된다'는 표현을 쓰곤 하지만 아무리 그래도 현일이 정신과 의사는 아니었다.

'…괜찮겠지, 뭐.'

유의해야 할 점은 중환자들을 위한 노래인데도 불구하고 정작 당사자가 공연을 보러 오지 못할 확률이 높다는 것이다. 당연했다.

'중환자니까.'

그렇다면 관객은 결국 그들의 가족이나 제3자가 될 수밖에 없기에 그들에게 환자의 비애와 그 가족의 슬픔을 잘 전달해야 한다. 물론 전자는 그래프가 도와줄 것이고, 후자는 현일 본인이 너무나도 잘 알고 있었다.

＊　　　　＊　　　　＊

이하연이 연습실에 도착했을 때 그리 낯설지 않은 얼굴들이 보였다.

'Make Me Famous'였다.

"처음 뵙겠습니다. 이하연입니다."

"어! 하연 씨도 오셨나요? 오랜만이네요. 저 기억하시죠? 선현주예요."

"말씀 많이 들었습니다. 남선호라고 합니다."

"박……."

……

이하연이 웃는 낯으로 들어와 인사를 건네고 'MMF'가 반겨 주었으나 이내 의문을 띠었다. 'MMF'도 GCM엔터테인먼트 소속인 만큼 여기에 있다고 해서 이상할 건 없지만 따로 그들만의 연습실이 있는데 왜 이곳에 있는 것인지 들은 바가 없기 때문이다.

'신곡을 받으러 왔나?'

이하연은 그렇게 추측할 뿐이다.

테이블을 중심으로 놓인 소파의 상석에 앉아 있던 현일이 비어 있는 쪽에 앉으라는 듯 그녀에게 손짓했다. 모두가 자리하자 현일이 입을 열었다.

"긴말은 않겠습니다. 우리 모두 최근 들어 많이 바빠졌으니까요. 그럼에도 불구하고 일거리를 하나 더 맡아주셨으면 좋겠습니다."

"물론입니다. 무슨 일입니까?"

남선호가 흔쾌히 대답했다. 받은 게 얼만데 어떻게 거절할 수 있을까. 꼭 그게 아니라도 현일은 GCM엔터테인먼트의 공동

CEO였다. 경영은 다른 사람이 전담하고 있지만.

"암환자들을 위한 기부금을 모으는 자선 공연을 주최할 겁니다."

그러자 모두의 눈이 동그래졌다. 현일이 그저 돈 좀 벌어보자고 작곡을 하는 줄 알았던 이하연은 그의 의외의 모습에 감탄했다.

현일의 시선이 이하연에게 닿자, 그녀가 생글생글 웃었다. 적극 찬성한다는 뜻이리라.

"우리 GCM엔터테인먼트의 기업 이미지는 물론이고 여러분의 평판도 좋아질 겁니다. 비록 당장 돈은 못 벌지라도 미래를 생각해 보면 절대 손해가 아닐 거예요. 혹시 이의가 있으신 분?"

현일의 말은 꽤 합리적으로 들렸지만 몇 명의 입에서 침음이 흘러나왔다. 이의가 있으면 어쩔 텐가? 자신들이 주주도 아닌데 CEO가 시키면 시키는 대로 할 수밖에. 그러나 한편으로는 현일이 이해가 갔다.

동생이 백혈병을 앓고 있지 않은가.

그 사실을 알기에 차마 불만을 표출할 수도 없었다.

"이의는 아닙니다만 하연 씨도 여기 와 있는 걸 보면… 우리가 군이 동시에 해야 할 필요가 있습니까?"

이하연과 'MMF' 둘뿐이지만 어쨌든 그들은 GCM엔터테인먼트 소속 가수의 전부였다. 누가 됐든 간에 자선 공연은 한쪽에 맡기고 한쪽은 다른 일을 하는 것이 낫지 않겠느냐는 남선호의 질문이다.

그런 의중을 눈치챈 현일이 고개를 끄덕였다.

"네. 합동 공연을 할 거니까요."

현일의 대답에 불만을 품고 있던 'MMF'의 일부 멤버들이 고개를 끄덕였다.

'과연… 그런 거라면 납득할 수 있지.'

'암, 그렇고말고.'

이하연에 대한 내막은 'MMF'도 잘 알고 있었다. 현일이 실력파 가수라는 것을 내비치기 위해 라이브 클럽부터 차근차근 올라가며 단계적으로 성장시키려 하던 이하연이 어느 날 갑작스러운 헛소문으로 인해 묻혀 버렸다.

그런 이하연을 위해 'MMF'를 이용해 그녀를 밀어주려는 것으로 판단한 것이다. 물론 그런 의도도 없지는 않았다.

그러나 'MMF'에게 불만은 없었다.

어찌 보면 'MMF'가 이렇게 뜨게 된 원인 중 하나가 이하연이라고 할 수 있으니 이하연은 'MMF'에게 있어서 은인이나 다름없기에 그녀에 대해 긍정적으로 생각하고 있었다.

남선호가 입을 열었다.

"알겠습니다, 언제 어디서 공연합니까?"

현일이 씨익 웃었다. 그것도 다 준비되어 있었다.

"이정환이라는 가수 아시죠?"

"당연하죠, 모를 리가 있나요?"

이정환.

1980년대 말에 데뷔한 기성세대 가수임에도 불구하고 현재 젊은 세대에게도 많은 사랑을 받고 있고 당시에도 최고의 인기를 구가한, 누구나 이름만 들으면 아는 가수이다.

1~9집까지 정규 앨범의 총 판매량이 1,000만 장을 넘는, 아직까지도 두터운 팬층을 형성하고 있는 명실상부한 일류 가수였다. 9개의 앨범 총 판매량이 1,000만장이라는 것은, 정규 앨범 하나하나가 모두 평균적으로 100만 장 이상 팔렸다는 뜻이다.

그야말로 '플래티넘 뮤지션'이었다.

아울러 꼭 그런 명성이 아니라도 'MMF'가 이정환을 잘 알 수밖에 없는 이유가 존재했다.

남선호가 말을 덧붙였다.

"올해 파워스타 심사 위원이셨잖습니까."

파워스타 후반부에 TOP3까지 남았을 때 세 명의 우승 후보는 세 명의 심사 위원 중 한 명을 멘토로 선정하게 된다.

그리고 마지막 공연에서 TOP3 출연자들이 각각 노래를 부르면 그 후보의 멘토를 제외한 나머지 두 명의 심사 위원의 평가, 방청객 투표, 국민 문자 투표로 1~3위를 정하게 되는 방식이었는데 이정환이 그 파워스타의 심사 위원일 뿐만 아니라 바로 'MMF'의 멘토였던 것이다.

"요즘도 그분이랑 연락하시는가요?"

현일의 질문에 남선호가 머리를 긁적였다.

"그게 좀……."

'MMF'는 파워스타를 진행하면서 이정환이 살갑게 대해줘서 상당히 친해질 수 있었고, 우승을 하고 나서도 식사를 같이했다. 그러나 그게 다였다.

서로가 바쁘기 때문만은 아니었다. 물론 시간을 내고서라도 친하게 지내고 싶었지만 계속 연락하며 지내기가 힘들었다. 그러나 현일은 당연히 그럴 거라고 예상했다. 햇병아리 신인인 'MMF'가 하늘 같은 대가수에게 다가가기란 쉽지 않은 일이니까.

"그러실 줄 알고 제가 미리 연락했습니다. 그분이 매년 자선 공연을 여시거든요."

"아!"

남선호는 문득 이정환이 회식 자리에서 한 이야기가 떠올랐다. 그에게서 자선 공연에 대한 말을 듣긴 했지만 솔직히 별로 관심이 없어서 주의 깊게 듣지 않은 탓에 이때까지 생각나지 않았던 것이다.

남선호가 눈에 이채를 띠었다.

"'해피 라이프' 말씀이시죠?"

"그렇습니다."

"정말입니까?"

"네."

현일은 고개를 끄덕였다. 비록 대형 콘서트도 아닌데다 자선 공연인지라 매우 유명한 가수가 많이 오지는 않지만 그래도 이정환과 같은 대가수와 같은 무대에 설 수 있다는 것은 'MMF'에게 큰 의미로 다가올 것이다.

가르침을 주는 멘토가 아닌 같은 가수로서 같은 무대에 선다는 자부심 같은 것 말이다.

"고생하셨겠네요."

"별거 아니었습니다."

정말로 별거 아니었다. 현일은 자선 공연을 계획하고 나서 당연하다는 듯이 이정환을 찾아갔다. 그의 입장에서도 'MMF'를 우승하게 만들어준 노래를 쓴 사람의 정체가 궁금했을 것이고, 물 흐르듯 만남이 주선되었다.

그리고 '해피 라이프'에 'MMF', 내친김에 이하연까지 출연할 수 있게 해달라고 부탁하자 흔쾌히 수락했다. 짧은 기간이었지만 'MMF'의 멘토를 하면서 그들에 대해 좋게 평가하고 있었고, 좋은 일을 하기 위해 공연을 하겠다는데 굳이 거절할 이유가 없었다.

"자, 그럼……."

현일이 'MMF'에게 악보를 나눠 주고는 샘플의 재생 버튼을 클릭하며 말했다.

"이번 공연이 암 환자들을 위한 자선 공연인 만큼 곡의 분위기도 조금 슬프게 만들어봤습니다."

"음……."

질 좋은 MIDI로 작곡한 샘플을 듣는 좌중이 하나같이 숙연해졌다. 확실히 현일의 곡에는 사람의 마음을 잡아당기는 무언가가 있었다. 또한 작곡가로서 치열하게 고민했을 현일의 마음이 느껴지는 곡이다.

사실 현일이 고민한 것은 맞았다. 새로운 시도이자 첫 시도이기 때문이다.

　불치병, 난치병 환자들에게 어떤 곡을 들려줘야 하는가. 그들의 고통이 생생하게 느껴지는 가슴 시린 곡이 좋을까, 그들의 마음을 치유하는 밝은 분위기를 가진 장조 위주의 곡이 좋을까 하는 고민이었는데, 현일의 선택은 전자였다. 고통과 슬픔, 애환을 그대로 드러내어 그것을 교류함으로써 듣는 이의 마음을 어루만져 주는 효과를 기대하고 작곡했다.

　그렇게 눈을 감고 차분히 감상하던 좌중은 곡이 끝나자 탄식을 흘렸다.

　이하연과 'MMF'는 그러한 감상을 솔직하게 현일에게 전달해 주었다. 현일은 자신의 실험이 성공한 것 같아 뿌듯해졌다.

　"정말… 가사를 어떻게 써야 할지 알 것 같습니다."

　현일이 빙긋 미소를 지었다.

　"이번에는 가사도 곡의 분위기에 잘 맞춰서 쓰시면 아주 괜찮은 곡이 나올 겁니다. 사람들의 감수성을 최대한 자극할 수 있도록 말입니다."

　관중들로 하여금 눈물까지 흘리게 만들 수 있다면 더 좋겠지만 'MMF'에게 너무 부담을 주는 것 같아 이야기를 꺼내진 않았다.

　현일이 말을 이었다.

　"아, 그리고 이번엔 한글로 쓰는 게 좋겠습니다. 아마도 이 노래를 또 어디선가 부르게 될 일은 없을 것 같으니까요."

현일은 그렇게 말하며 뺨을 긁적였다.

'인기가 있으면 좋은 거고 아니면 말고.'

사활을 건 공연은 아니었다. 또한 혹시라도 이 노래 덕에 감동적인 노래가 트랜드가 되는 것은 극구 사양이다. 현일이 울고 싶어서 노래를 듣는 건 아니니까.

"알겠습니다."

남선호는 담담하게 대답했지만 내심 놀라고 있었다. 그저 자선 공연에서만 부를 일회용 노래를 이토록 훌륭하게 만들 수 있다니.

'작곡가님은 우리의 기대를 항상 뛰어넘습니다.'

'MMF'와 이하연의 공통된 생각이다.

"아 참, 메인 보컬은 하연이로 올려주실 수 있죠? MMF와 이하연은 환상의 조합이 될 겁니다."

현일은 그렇게 말하며 다 비운 캔을 쓰레기통에 던져 넣었다. 부탁이었지만 그 모습엔 꼭 이하연을 메인 보컬로 올리라는 압박이 담겨 있는 것 같았다.

사실 그 곡은 애초에 이하연이 부를 것을 염두에 두고 만든 곡이다. 그녀가 아니면 소화해 내기 힘들 것이다.

"하하하, 물론입니다."

여부가 있겠는가. 남선호의 대답에 현일이 빙긋 웃었다.

"그럼 파이팅하세요!"

다윗과 골리앗의 싸움. 우리가 다윗이 되어야 하니까.

현일은 그렇게 유유히 작업실 안으로 들어갔다.

＊　　　＊　　　＊


['Make Me Famous', 청중의 심금을 울리다!]

—가수 이정환이 매해 주최하는 '해피 라이프'는 전국의 난치병 환자들을 위한 치료비를 모금하는 자선 공연 행사이다. 이번 공연의 로스터는 첫 무대로 이정환, 그리고 순서대로 'MMF'와 이하연, 이사에…… 가 출연하였다.

…….

감동적인 가사와 곡의 엄숙한 분위기가 어우러져 가슴 한구석이 아련해지는. 일부 관중들은 왈칵 눈물을 쏟아내기도 했다.


[이하연, 'Make Me Famous'의 메인 보컬로 영입되나.]

—'Make Me Famous'와 같은 GCM엔터테인먼트 소속 가수인 이하연. 그녀는 밑바닥부터 시작해 '뮤직 홀릭'을 거쳐 올라온 실력파 가수로서 '유로피언 뮤직'에서의 공연을 마지막으로 잠적했다.

한동안 모습을 드러내지 않던 그녀는 이번 '해피 라이프'에 'MMF'와 함께 깜짝 출연해 자신의 재능을 선보였다.

…….

한편, 이번 공연에서는 기존 메인 보컬리스트이던 남선호가 아닌 이하연이 메인 보컬의 자리를 차지하면서 그녀가 'MMF'의 여섯 번째 멤버가 될 것이라는 의견도 나오고 있다.

이에 대해 GCM엔터테인먼트 측은 철저히 함구하며…….

제목: 뮤직 홀릭에서 노래 부르던 이하연 근황.swf

유로피언 뮤직 사건 이후로(누가 그런 헛소문을 퍼뜨려서 ㅠㅠㅠ 나 이하연 알바하던 라이브 클럽에 있을 때부터 팬이었는데) 뭐 하나 했더니 해피 라이프에서 MMF랑 같이 노래 부르고 있음. ㅋㅋㅋㅋ

　혹시 나중에 이하연 뜨면 이 영상 레전드 될 듯??

　그나저나 남선호, 메인 보컬 자리 쫓겨난 거 불쌍. ㅋㅋㅋㅋ

　규현이: 헐, 진짜 이하연이 MMF 여섯 번째 멤버 되는 거?

　사치: 전 6번째 멤버 찬성입니다! 이하연 목소리 넘 좋아요!

　실용음악과 4학년 3반: MMF에 묻어가는 듯^^

　양치기자리: ㄴ이하연, 나름 실력파 가수입니다. 그때야 빽이 없어서 그렇지 곧 MMF와 어깨를 나란히 하게 될 겁니다.

　…….


현일은 음악 애호가들이 많은 커뮤니티에서 '이하연'과 'MMF'를 키워드로 검색해 간간이 모니터링했다.

'대중의 반응을 살피는 건 중요하니까.'

그중에서도 유심히 살피는 건 당연히 이하연이었다. 비난을 하는 사람들도 있었지만 다행히 긍정적인 반응을 보이는 사람들이 더 많았다.

그도 그럴 것이, 자선 공연이 끝나고 GCM엔터테인먼트와 소속 가수들의 평판이 상당히 좋아져 있었다. 원래 이정환 외 초청 받은 가수들은 자신의 몫을 받지만—사실 소속사가 죄다 가져가지만—'Make Me Famous'와 이하연은 수익금에 조금 더 얹어서 기부했다.

수익금을 기부한 것은 처음부터 그걸 전제로 공연을 했으니 당연한 일이지만 굳이 조금 더 얹은 이유는 당장 공연으로 벌어들인 돈을 기부하는 것보다 원래 가지고 있던 돈을 기부하는 게 임팩트가 크기 때문이다.

'인식의 차이지.'

다른 사람의 돈으로 기부금을 '모금'하기 위해 자선 공연을 여는 것과 직접 자신의 '재산'의 일부를 쓴다는 인식의 차이.

'사실 따지고 보면 그 돈이나 그 돈이나 마찬가진데.'

쉽게 말하자면 흔히 일컫는 언론 플레이다. 현일과 한준석이 가만히 있어도 기자들이 알아서 기사를 적절히 꾸며줄 것이다.

유은영은 중학생 시절 SH엔터테인먼트에 스카우트되었을 때부터 조금씩 야망을 품기 시작했다.

빼어난 외모로 중학교, 고등학교에서 여신으로 추앙받았으며, SH의 연습생으로 활동하면서 학교의 아이돌로 군림했기에 여기저기에서 미래의 스타에게 사인 한 장 받으려고 아우성이었다.

집에서도 학교에서도 자신의 말 한마디면 그대로 되었다. 갓고 싶은 게 있을 땐 지나가듯 말을 흘리면 다음 날 사물함에 그것이 들어 있었다.

가끔 학교가 가기 싫을 때에도 연습을 핑계로 안 가면 그만이었다.

그렇게 세상 사람 모두를 발아래 둔 기분이던 그녀는 감춰두었던 본래의 성격을 서서히 드러내기 시작했다.

특히 데뷔곡부터 발표한 곡마다 연이어 각종 음원 차트의 최상위권을 압도적으로 석권하면서 그녀의 콧대는 갈수록 높아지고 태도는 더욱더 기고만장해졌다.

"빨리 좀 가자고요! 대기실에 가서 다시 화장해야 된단 말이에요!"

손거울을 들고 얼굴에 분칠을 하고 있던 유은영이 버럭 소리를 질렀다. 고속도로를 빠르게 달려도 잘 흔들리지 않는 자동차이기에 분칠을 하는 그녀의 손놀림엔 거침이 없었다. 보통 신인에겐 이런 편안한 차를 제공하지 않는다.

그런데도 신인인 유은영이 편안한 차를 타고 있다는 것은 SH가 유은영에게 얼마나 신경 쓰는지 알 수 있는 대목이다.

사실 유은영이 처음부터 밥 먹듯이 지각을 일삼은 건 아니었다. 요즘 스케줄이 워낙에 꽉꽉 차 있는 탓에 그녀도 적잖은 스트레스를 받았으리라.

게다가 오늘은 세 번째 곡을 발표하고 첫 무대를 선보이는 날이다.

숨 돌릴 틈 없이 바쁜 하루하루를 보내다 보니 신경이 예민해질 수는 있다. 그것까진 이해해 줄 수 있지만 왜 스트레스를 매니저인 자신한테 푸는가.

그녀가 바쁠수록 매니저 또한 바쁜 건 마찬가지인 것을.

매니저는 유은영이 데뷔하기 전까지만 해도 제법 조신한 여자인 줄 알았다. 한데 어느 순간부터 갑자기 히스테리를 부리기 시작했다.

'젠장할. 신호등이 빨간 불인데 나보고 뭘 어쩌라는 거야? 그럴 거면 애초에 빨리 출발하자고 했으면 될 것을.'

매니저는 그렇게 생각했지만 머리에 하나, 입에 하나 이중 필터를 거쳐 나오는 말은 전혀 달랐다.

"네, 거의 다 왔습니다. 조금만 기다려 주세요."

"다 왔다, 다 왔다, 다 왔다! 맨날 그 소리예요? 제가 무슨 친척집 방문하러 가는 차에 탄 어린앤 줄 알아요? 다 왔는지 안 왔는지도 모르게!"

"…죄송합니다."

매니저는 아무것도 잘못한 게 없지만 사과를 해야만 했다. 인성이 더럽긴 해도 유은영은 SH엔터테인먼트의 귀중한 보물이다. 그녀가 위에 한마디만 해도 앞길이 상당히 곤란해진다.

'이제 진짜 다 왔는데……'

그런 그의 이맛살이 절로 찌푸려졌지만 금세 표정을 고쳤다. 혹시라도 그녀가 본다면 또 무슨 트집을 잡을지 모른다.

매니저는 룸미러로 슬쩍 유은영의 심기를 살피려다가 그녀와 눈이 마주쳤다.

유은영이 짜증섞인 표정으로 입을 벌리려 할 때 신호등이 초록색으로 바뀌었다.

"두 블록만 더 가면 됩니다."

그렇게 말하며 입꼬리를 살짝 올려주었다.

'오, 하나님! 감사합니다!'

초록색. 정말 좋은 색이었다.

유은영은 화장품을 파우치에 넣고 차분히 마음을 가라앉혔다. 곧 무대 위에 올라가면 관중 앞에서 웃는 낯으로 가식적인 자신을 연기해야 하기 때문이다.


*          *          *


"내가 너에게 한 약속들~ 모두 다 거짓말이었어……."

유은영의 세 번째 신곡.

현일이 회귀 전 이성호에게 들은 얘기인데, 원래 유은영의 세 곡은 언젠가 나올 세 개의 미니 앨범 타이틀곡으로 내정되어 있던 것이다.

아이돌 기획사는 타이틀곡 하나만 고퀄리티로 뽑아놓고 나머지 곡은 그럭저럭한 노래들로 채워 넣어 팔아먹는 게 보통이었다.

그러나 SH는 계획을 바꾸었다.

한 달 만에 연달아 싱글 앨범을 3개나 발표하는 비정상적인 행보는 기대 이상의 성과를 보여준 유은영을 단숨에 트리플 A급

스타로 만들어 계약 기간이 끝나기 전까지 빡세게 굴려 제대로 뽕을 뽑아먹자는 SH엔터테인먼트의 계산이었다.

분명 재계약을 할 땐 유은영의 몸값이 걷잡을 수 없이 비싸질 테니 말이다.

현일은 TV 속에서 밝게 웃으며 열심히 춤추고 노래… 아니, 립싱크를 하고 있는 유은영을 보며 흐뭇한 미소를 지었다.

"그래그래, 그렇게 지금을 실컷 즐기도록 해라."

비단 유은영에게만 하는 말이 아니었다. 빗자루로 싱글벙글 돈을 쓸어 담고 있을 SH엔터테인먼트는 얼마 가지 않아 시무룩해진 채 그 돈을 고스란히 현일에게 갖다 바쳐야 할 것이다.

현일은 다리를 꼬고 양팔을 소파 등받이에 얹은 채로 중얼거렸다.

"더욱 환호하라."

그리고 더욱더 화려하게 무너지리라.

**Chapter 9**
더욱 환호하라

"컥! 캑캑! 쿨럭쿨럭!"

물을 마시고 있던 매니저는 유은영이 갑자기 컵의 밑동을 치는 바람에 거친 기침을 뱉어냈다. 갑작스러운 봉변이었지만 매니저는 유은영에게 따로 화도 내지 못하고 손수건을 꺼내 얼굴과 목에 흐른 물을 닦아냈다.

매니저라고 해도 해당 가수의 일과를 24시간 따라다니지는 않지만 본인은 그렇게 해야만 했다. 유은영이 언제 똥을 싸지를 지 모르니까.

"은영아, 안녕? 오늘 공연 잘 봤어."

공연이 끝나고 방송사의 라운지에서 매니저를 약 올리며 까르르 웃고 있는 유은영을 발견한 걸그룹 '퍼스트'의 멤버인 김채

린이 인사를 해왔다.

"어머! 은영아!"

"은영……."

그러자 차례차례 퍼스트의 멤버들이 유은영의 이름을 부르며 손을 흔들었다.

퍼스트는 유은영보다 2년 먼저 데뷔한 선배로 앨범의 타이틀 곡은 항상 음원 차트에서 상위권을 차지했으며 대중가요 음악 방송에서 여러 번 수상한 경력이 있었다.

'그 정도야 개나 소나 하는 거지.'

물론 유은영은 그런 사실에 별다른 감흥을 받지 못했지만 말이다.

"안녕하세요."

유은영은 재킷 주머니에 손을 넣은 채로 고작 한 어절의 단답과 함께 퍼스트의 멤버들을 위아래로 스윽 훑어보더니 고개를 살짝 까닥일 뿐이었다. 그래도 사실 이 정도면 양반이었다. SH에서 유은영은 자신의 동기나 후배 연습생들과 마주치면 본 척도 안 했으니까.

"…정말 대단하던걸? 한 달 연속 1위라니!"

"고마워요."

"하하, 우리 은영이가 좀 피곤한가 보네?"

"네."

유은영의 대답은 명백하게 '귀찮으니까 말 걸지 마'라는 뜻을 내포하고 있었다. 기획사나 방송사마다 다르지만 SH에서 선후배 관계는 비교적 엄격한 편이었다. 한데 선배에게 이런 안하무인격인 태도는 대체 뭐란 말인가?

퍼스트의 멤버들은 하나같이 썩은 미소를 지었다. 유은영의 그런 태도에 매니저의 얼굴이 화끈거렸다.

"큼, 크흠!"

매니저는 헛기침을 하며 유은영에게 눈치를 주었지만 당연하게도 그녀는 그저 무시할 뿐이었다.

퍼스트는 분노했다.

가만히 두고 볼 수가 없었다. 계속 이렇게 놔두면 언젠가 머리끝까지 기어오를 테니까. 김채린이 총대를 멨다.

"은영아, 아무리 네가 좀 떴다고 해도 그건 좀 아니지 않아? 뭐야, 그게? 선배가 먼저 인사해 줬는데 주머니에 손 넣고 고개만 까딱거리고. 내가 기분이 나빠서 그런 게 아니라 네가 연예계에 있으면서 계속 그런 태도면 사회생활하기 힘들어. 선배로서 진심으로 해주는 충고야."

매니저는 고개를 저었다. 이미 수십 번도 넘게 유은영에게 해본 말이지만 귀동냥으로도 들어먹질 않았다.

"죄송합니다. 제가 제 가수 관리를 제대로 못한 것 같습니다. 대신 사과드리겠습니다."

"매니저님이 사과를 왜 해요? 이봐요! 당신들은 음악 방송과 음원 차트에서 항상 10위권에서 놀았겠지만 전 지금 데뷔 직후부터 쭉 1위를 유지하고 있어요! 제가 훨씬 잘하고 있다고요!"

'크윽!'

매니저는 기겁하며 어쩔 줄을 몰라 손사래를 쳤다.

'이런 싸가지 없는……'

'뭐 이딴 애가 다 있어?'

'하필이면 저런 년이 후배가 되어가지고……'

그러나 정작 유은영은 콧대를 뻣뻣하게 세우고 빽 소리를 질러댔다. '실적이 깡패다!'라는 말이 있듯이 선배니, 후배니 어찌됐든 간에 유은영은 상당히 잘되고 있었다. 그것도 매우 압도적으로 말이다. 돌직구를 맞은 퍼스트는 어안이 벙벙해 말문이 막혀 버렸다.

갑작스러운 소란에 방송사 스텝들과 다른 소속사 연예인들의 이목이 그들에게 집중되었다. 간담이 서늘해진 매니저는 식은땀을 흘리며 유은영을 잡아끌고 빠르게 바깥으로 나가 버렸다.

물론 퍼스트와 주위 사람에게 소란을 피워 죄송하다는 사과의 말도 잊지 않았다.

'하, 망했다.'

매니저는 하늘이 무너지는 기분이다. 이 일이 사장님의 귀에 들어가면 곤욕을 치를 것이다.

*　　　*　　　*

표절 소송.

여러 번 고민을 거듭했지만 유은영과 SH엔터테인먼트에 회귀자이며 작곡가인 현일로서는 그것만큼 큰 한 방을 먹일 수 있는 방법이 없었다.

'아니, 세 방인가? 세 곡이니까. 흐흐.'

미래를 아는 현일은 유은영이 무슨 노래를 부르는지, 이성호가 무슨 노래를 만드는지 다 알고 있었다.

그렇기에 이미 현일은 유은영의 세 곡을 모두 미리 작곡한 다음 저작권협회에 등록을 해버렸다.

그러고 난 다음 이하연에게 대략 가사의 틀을 써주고 그에 맞춰 그녀가 작사를 했다. 당연히 가사도 유은영의 곡과 비슷할 수밖에 없는데다 MR은 빼도 박도 못한다. 물론 완전히 똑같이 만들지는 않았다.

하지만 전체적인 멜로디와 선율, 흐름 따위는 누가 들어도 비슷하다고밖에 느낄 수가 없을 것이다. 그렇게 만들었으니까.

'심지어 내가 만든 게 더 좋다!'

그래도 유은영처럼 1, 2, 3위를 죄다 석권할 수는 없을 것이다. 대중은 SH엔터테인먼트 같은 대형 기획사의 노래를 믿고 다운 받는 경우가 많기에 그 영향도 무시할 수 없었다. 그래도 상관없었다. 애초에 목적은 그게 아니었으니까.

SH에게 강렬한 한 방을 먹이고 유은영을 끌어내린다. 다시는 무대에 설 수 없을 정도로 말이다. 그러나 반대급부로 이하연은 사람들의 입에 오르내리며 뜰 것이다. 노이즈 마케팅인 것이다.

그렇다고 해서 허위나 과대 과장으로 요란스럽게 포장한 노이즈 마케팅이 아니다. 아주 속이 꽉 차고 실한 고품격 노이즈 마케팅이다.

원래대로 시간이 흘러간다면 유은영은 SH가 메이저 기획사로서 완벽하게 자리 잡을 기반을 마련할 가수가 될 것이고, 계약이 끝나면 각종 광고와 여러 프로그램에 출연하면서 막대한 돈을 벌어들인다.

후에는 자기가 직접 기획사를 차릴 정도로 말이다. 어찌 보면 당연하다. 그녀는 어릴 때부터 항상 남들 위에 서 있었고 누군가의 밑에 있을 성격도 아니었다.

물론 그거야 이미 없어진 머나먼 과거의 얘기이고 이번 생에서 유은영은 곧 현일에게 돈을 벌어다 줄 광대로 전락할 신세가 될 뿐이다.

한창 상승세를 달리고 있는 SH의 주가에도 영향을 미칠 것이다.

어쨌든 현일은 도작한 세 곡을 이하연이 부르고 그것을 녹화해 유은영이 데뷔하기 한 달 전에 유튜브에 올려놓았다.

'아마 내 유튜브 채널을 구독하는 대부분의 사람은 유은영의 노래가 내 거랑 비슷하다는 걸 눈치채고 있겠지.'

그리고 그런 현일의 생각이 맞았다.

현일은 자신의 유튜브 채널에 접속해 사람들의 반응을 확인했다. 한 달 전에야 노래가 좋다는 등의 반응이었지만 지금은 표절 논란으로 난리 법석이었다. 어떤 유튜버는 아예 직접 이하연의 노래와 유은영의 노래를 편집해 비교하는 영상을 올려 링크를 걸기까지 했다.

그리고 그 링크에 달린 댓글은 '상당히 비슷하다'는 내용이 전부였지만 누구도 그에 이의를 제기하지 않았다. 'SH가 저작권을 산 게 아닐까요? 그렇지 않다면 SH가 미치지 않고서야 이렇게 비슷하게 만들 리가 없을 텐데요'라는 댓글만 빼면 말이다.

이 표절 논란은 얼마 지나지 않아 인터넷 커뮤니티 사이트나 연예계 찌라시에 흘러들어 갈 것이고, 그 후엔 곧 일파만파 퍼질 것이다.

"흠……."

현일은 턱을 문질렀다.

누군가 '작곡가로서 잘못된 짓이 아니냐'고 꾸짖는다면 현일은 단호히 고개를 저을 것이다. 죄책감 따윈 들지 않았다. 그러기엔 이성호가 현일에게 한 짓이 너무나도 크기에.

타임 패러독스.

누군가가 과거로 가서 어떠한 행동을 할 때 미치게 될 영향에 대해서 다루는 탁상공론을 일컫는다.

그리고 그중에도 '공짜 패러독스'라는 말이 있다.

예를 들면, 누군가가 셰익스피어가 태어나기 전의 과거로 돌아가 셰익스피어의 작품을 쓴다면 그건 결국 누구의 작품인가 하는 것과 비슷한 문제이다.

'당연히 먼저 쓴 놈 거지. 정확히는 먼저 저작권 등록을 한 사람.'

적어도 현일의 생각은 그러했다. 특히 21세기 현대 사회는, 아니, 어쩌면 민주적인 법의 기반이 잡히고 나서부터 세상이 그 것을 인정하고 있는지도 모른다.

실례로 현일이 아는 예 중에 전화기가 있다. 미국의 최대 통 신회사인 AT&T의 설립자인 벨.

지금이야 알 만한 사람은 다 알지만 전화기를 최초로 발명한 사람은 '벨'이 아니다. 그러나 그가 가장 먼저 특허권을 얻어냈 고, 1877년 문을 연 벨 전화 회사는 18년간 무려 600건의 법정 공방을 치러야 했다. 그럼에도 불구하고 벨은 단 한 건의 소송 에서도 패소하지 않고 전화기의 특허권을 지켜냈다.

현일과의 차이점이 있다면 벨은 소송을 당했지만 현일은 소 송을 거는 입장이라는 것뿐이다.

'너희들, 언젠가 억울한 일 당하면 참지 마라. 반드시 당한 만큼 되갚아 줘야 돼.'

현일은 고등학교 시절, 영어 선생님의 가르침이 떠올랐다.

그리고 열심히 배운 것을 충실히 실천할 셈이다.

현일은 반쯤 남은 콜라를 쭈욱 들이켰다.

\*　　　　\*　　　　\*

[SH엔터테인먼트의 가수 유은영 표절 의혹]

—한창 떠오르고 있는 신예 가수인 유은영의 세 곡이 잇달아 표절 의혹에 휩싸이고 있다. 유튜브에 올라온 GCM엔터테인먼트 소속 가수인 이하연의

노래를 표절했다는 것이다.

네티즌들의 반응에 의하면 유은영의 세 싱글인 '기억', '널 부른다', '거짓말'이 각각 이하연의 'Memorize', '한 걸음 더', 'Weekend'와 비슷하다는 것이다.

특히 '기억'과 'Memorize' 1분 30초 구간에서는 같은 관현악 파트가 상당히 유사하며 '널 부른다'와 '한 걸음 더'는……

이에 대해 전문가는 '세 노래의 파형을 분석해 보면 상당히 흡사한 파형을 보인다는 것을 알 수 있다'고……

[대중들, SH엔터테인먼트에 진상 규명 촉구]

…….

[SH엔터테인먼트의 사장 이성호, 프로듀서로서의 자질이 의심……]

21세기의 발달된 통신 기술은 상당히 빠르다.

현일의 유튜브 채널 구독자 중 누군가가 유은영과 이하연의 노래를 직접 비교, 편집한 동영상을 각종 음악 커뮤니티에 퍼다 날랐고, 불과 며칠 만에 연예계의 핫 토픽이 되었다.

"흐흐흐."

뒷목을 잡고 쓰러지는 이성호의 볼썽사나운 모습을 상상한 현일의 입가에 절로 웃음이 그려졌다.

"그러고 보니 이제 슬슬 엔지니어를 구할 때가 되었지."

마치 곧 적당한 인물이 짠 하고 나타나기라도 할 것처럼 현일은 나직이 중얼거렸다.

"편곡도 좀 할 줄 알면 더 좋고."

＊　　　　＊　　　　＊

이성호의 전화기가 진동했다.

유은영의 매니저가 병가를 신청했다는 내용의 메시지였다.

'항상 팔팔하던 녀석이 갑자기 왜?'

한편으론 이해가 되긴 했다. 유은영을 감당하려면 늙기 전에 골병이 들어 죽을지도 모르니까.

충분히 하루 정도는 쉬게 해줄 수 있었다.

'설마 매니저 하루 없다고 해서 무슨 사고를 치진 않겠지.'

이성호는 그러려니 하며 전화기를 주머니 속에 갈무리했다.

어차피 이번 주 스케줄은 정해져 있으니 운전해 줄 사람만 있다면 된다.

"푸흡!"

평소처럼 따뜻한 커피 한 잔의 여유와 함께 신문을 읽으며 하루 일과를 시작한 이성호는 입안에 머금은 커피를 신문에 뿜어버렸다.

"무, 무슨 이런 개 같은 경우가……?"

얼굴을 잔뜩 일그러뜨린 이성호의 손이 부르르 떨렸다. 사고 대신 사건이 터진 것이다. 그것도 아주 대형 사건이.

그는 자리에서 벌떡 일어나 잡은 신문을 와락 구겨 던져 버렸다.

그 와중에 비서가 벌컥 문을 열고 들어왔다. 또한 동시에 이성호의 고개가 홱 돌아갔다.

뭐가 그리 바쁜지 급하게 뛰어온 듯 무릎에 손을 얹은 채 가쁜 숨을 헐떡이며 입을 열었다.

"허억, 허억! 사, 사장님! 큰일 났습니다!"

분명 사장에게 실례가 되는 행동이었지만 상황이 상황인지라 이성호와 비서 둘 다 그런 사소한 문제에 신경 쓸 겨를이 없었다.

"나도 알아!"

이성호는 버럭 소리를 질렀다. 비서가 무슨 말을 할지는 안 봐도 블루레이였다.

그는 두 손으로 머리를 움켜쥐었다.

"허……."

도무지 말이 안 나왔다. 어떻게 이럴 수가 있단 말인가? 황당, 당황, 분노 등등의 감정이 뒤섞여 머릿속이 복잡해졌다.

'미쳐 돌아버릴 지경이군.'

유은영을 키우기 위해 얼마나 고생했던가? 데뷔 전에는 주야장천 연습실에만 갇혀 있다시피 한 다른 연습생들과는 달리 유로피언 뮤직에도 보내주고 데뷔 후에도 신인치고는 최고의 대우를 약속했다.

"후우……."

이성호는 그저 멍하니 입을 벌린 채로 땅이 꺼져라 한숨만 내뱉을 뿐이었다.

비록 유은영이 라이브는 못할지라도 안무, 연기, 보컬 트레이너는 언제나 최고의 트레이너만을 붙여주었으며 기타 비용까지 합하면 그녀 한 명을 키우는 데만 1년에 약 10억이 들어갔다.

그리고 유은영이 데뷔하면 그녀에게 들어간 돈을 머지않아 모두 회수할 수 있을 것이라고 생각했고, 실제로 그렇게 될 것이었다.

그런데 그 돈을 어디선가 굴러온 돌에게 모두 빼앗기게 생겨 버린 것이다.

'표절이라니… 그 노래가 어떻게 만든 노래들인데!'

또 노래는 얼마나 고생했던가?

SH엔터테인먼트 전속 편곡자들에게 채찍을 휘두르고 때로는 당근을 쥐어가며 쓸 만한 노래가 나올 때까지 밤새도록 작곡을 시키고 한국음악저작권협회에 '이성호'의 이름으로 등재시키기 위해 얼마나 그들을 어르고 달래야 했던가.

그 갖은 고생을 생각하면 작금의 상황은 정말 미치고 팔짝 뛸 노릇이었다.

"사장님, 뭔가 조치를 취해야 합니다."

지금 열 받는다고 해서 상황이 나아지지는 않는다.

창밖을 바라보니 이미 회사 주변엔 기자들이 진을 치고 있었다.

이성호는 질린 표정으로 돌아와 털썩 의자에 주저앉았다.

머리가 아파오는 것 같아 관자놀이를 꾹꾹 짓눌렀다. 그러고는 이내 입을 열었다.

"…어느 정도지?"

"무슨 말씀이신지……?"

"얼마나 비슷하냐고!"

"그, 그게……."

비서가 움츠러들었다. 그러나 굳이 말로 듣지 않아도 그것만으로도 충분한 대답이 되었다.

'무조건 아니라고 우기기는 힘들겠군.'

그렇다면 이 상황을 타개할 방법을 떠올려야만 한다.

'그놈들을 잡아 족쳐?'

일단 먼저 떠오른 것은 유은영의 노래를 작곡한 편곡자들이었다.

우연히 한 곡이 어느 부분과 좀 비슷할 수도 있다고 치자.

한데 무려 세 곡이다.

인터넷에서 공론화가 될 정도로 말이다.

이미 네버의 실시간 검색어는 유은영, 유은영 표절, 이성호 표절, 이하연, GCM엔터테인먼트 등등의 키워드가 자리 잡고 있는 상태였다.

이성호의 입장에서 생각하면 이는 다분히 편곡자들이 이성호의 행패에 앙심을 품고 일부러 표절을 했거나 또는 우연히 유튜브에서 좋은 곡을 듣고 '설마 들키겠어?' 하는 안일한 마음으로 베껴 썼을 확률이 높았다.

물론 어느 쪽이든 좋게 넘어갈 생각은 추호도 없지만 말이다.

"일단 그놈들 데려와."

"예, 예!"

굳이 듣지 않아도 '그놈들'이 누군지 대략 짐작할 수 있다.

이내 비서는 힘차게 대답하며 사장의 지시가 지상 최대의 과제인 듯 헐레벌떡 '그놈들'의 작업실로 뛰어갔다.

비서와 그가 데리고 올 사람들을 기다리며 인터넷의 반응을 확인하기 위해 글을 하나씩 클릭할 때마다 이성호의 미간이 더 없이 좁혀졌다.

그러고 있을 때 다급한 발소리가 들려왔다.

비서가 나간 지 얼마나 됐다고 벌써 돌아왔나 생각했지만 마주한 얼굴은 예상외의 인물이었다.

이성호는 입을 열어 조심스럽게 나타난 사람을 불렀다.

"…차 사장."

"이 사장, 이게 도대체 어떻게 된 일이지?"

날아라 레코드의 사장인 차준수였다.

이성호와 차준수는 동갑이었기에 서로 말을 편하게 했다.

그때 이성호의 전화기가 눈치 없이 울렸다.

하도 들어서 이젠 멜로디를 모두 외우고 있는 벨소리가 지금은 왠지 요란하게만 들렸다.

'몸이 열 개라도 모자라겠군.'

모르는 번호인 걸로 보아 아마도 기자일 것이다. 이성호는 황급히 전화기를 무음으로 바꿔놓았다.

대체 전화번호를 어떻게 알아낸 건지 나중에 번호를 바꿔야겠다고 생각했다.

"이 사장, 어떻게 된 거냐고 묻지 않았나?"

"일단 진정해 봐. 내가 해결해 볼 테니."

"자네한테 투자한 돈이 얼만데 이럴 수가 있나? 분명히 이번엔 한 건 잡을 수 있다고 그랬잖아!"

"후우……."

총체적 난관이었다.

투자한 사람이 어디 차준수 한 사람뿐인가. 이성호는 딱히 할 말이 없어 허리에 손을 얹고 한숨을 내쉬었다.

그런 이성호를 차준수가 닦달했다.

"뭐라고 말이라도 좀 해보라고!"

"내가 해결한다고 했잖아!"

"이, 이……!"

이성호가 버럭 소리를 지르자 차준수의 얼굴이 시뻘게졌다.

적반하장도 유분수지, SH엔터테인먼트가 날아라 레코드보다 크게 성장한 뒤로 이성호는 은근히 날아라 레코드를 하청업체 취급했다.

음반 제작 의뢰를 항상 날아라 레코드에 몰아주고 다른 기획사에도 입김을 넣긴 했지만 옛날에 도와준 걸 생각하면 그 정도론 성에 차지 않았다.

그러던 중 이성호가 마침 좋은 건수가 있다고 한몫 단단히 잡게 해주겠다며 호언장담하더니만 기어코 사달이 일어난 것이다.

SH가 메이저 기획사인 만큼 소속 연예인들에게 투자할 비용이 부족했던 건 아니지만 자고로 투자는 남의 돈으로 해야 하는 법이다.

특히 레코드 회사는 SH처럼 큰 기획사가 일거리를 주지 않으면 먹고살 길이 별로 많지 않기에 갑의 위치에 있는 이성호의 투자 권유를 무시하기 힘들었다.

물론 이번 일은 애초에 대비할 수가 없었지만.

다시 차준수는 뭐라 말하려는 듯 입을 열었지만 들려오는 여러 명의 발소리에 입을 다물었다.

이성호는 들어온 사람들과 한 번씩 눈빛을 마주치더니 차준수를 보며 입을 열었다.

"내 반드시 잘 처리할 테니 이만 나가주게."

그 말에 차준수는 열불이 차올랐지만 이성호가 뭐라고 말했든 투자를 하고 말고는 본인이 결정한 것이다.

막말로 투자한 돈을 전부 뱉어내라고 할 수도 없는 노릇이다.

'아직 그걸 쓰기는 아깝고……'

지금으로썬 딱히 방법이 없었기에 차준수는 혀를 차며 분한 걸음으로 회사를 나갔다.

그러자 이성호가 다시 한 번 차가운 눈빛으로 비서를 제외한 나머지 세 명을 훑었다.

그 시선을 받은 '팀 3D'는 마치 유령이 등을 더듬고 지나가는 듯 간담이 서늘해졌다.

이성호가 비서에게 손을 휘휘 저었다.

그 의미를 모를 리 없는 비서는 밖으로 나가 문을 닫았다.

팀 3D는 사자 우리에라도 갇힌 듯한 기분이 들었다.

이성호는 미지근해진 커피를 한 모금 홀짝이며 침중한 표정으로 입을 열었다.

"왜 불렀는지는 다들 알고 있겠지?"

모를 리가 있나.

그러나 이성호는 그들이 아는지 모르는지가 궁금해서 물어본 것이 아니었다.

먼저 입을 연 것은 안시혁이었다.

"모르는 일입니다."

"…뭐?"

이성호의 눈썹이 뒤틀렸다.

허를 찔린 느낌이다.

증거가 이리도 명명백백하거늘, 무릎을 꿇고 손바닥에 불이 나도록 용서해 달라 빌어도 시원찮을 판국에 시치미를 뗄 거라곤 전혀 예상하지 못했다.

팀 3D는 비록 편곡 기계로 써먹히고 있긴 하지만 실용음악과 출신의 3인조 작곡팀이었다. 기획사들은 언제나 무명 작곡가들의 투곡을 받지만 여느 회사나 그렇듯 그 문턱을 넘을 수 있는 사람은 그리 많지 않았다.

그리고 팀 3D는 몇 년 전 그 문턱을 넘고 편곡자로 고용된 작곡가들이었다.

작곡가 지망생들이야 차고 넘치니 새로 뽑아도 그만이지만 그동안 맡겨둔 곡들의 성과가 제법 좋아 계속 들여놨는데 이제 보니 호랑이 새끼를 키우고 있던 꼴이다.

"하늘에 맹세코 우린 표절을 한 적이 없습니다."

"지금 장난해? 너희들 때문에 우리 회사가 입은 손해가 얼마인지 알고나 하는 소리야? 어?!"

'믿고 듣는 SH'라는 이름에 금이 갔고 그토록 공들여 키운, 이력서에 적힌 잉크도 안 마른 신인 가수의 경력이 끝장났다.

벌써 이성호의 전화기엔 수십 통의 부재중 전화와 메시지가 한가득 쌓여 있었다.

한동안 빚쟁이처럼 물고 늘어질 투자자들과 지구 반대편까지 쫓아다닐 기자들을 어떻게 상대해 줘야 하나 생각하니 머리가 터져 버릴 지경이다.

더 심각한 건 아직 본격적인 '손해'는 시작되지도 않았다는 것이다.

"정말입니다! GCM엔터테인먼트라는 회사도, 이하연이라는 가수도 오늘 처음 알았단 말입니다!"

"그래요! 지금이 어느 시댄데 저희가 무슨 배짱으로 표절을 하냐고요! 네티즌이 얼마나 무서운데!"

"맞습니다! 외국에서 인기 없는 노래 하나 가져다 따라 해도 누군가는 귀신같이 알아채서 표절 스캔들에 휘말리는 게 요즘 세상 아닙니까?"

"그걸 아는 놈들이 그 지랄을 해? 어?! 회사 망하게 하고 싶어서 환장했어!"

팀 3D는 내심 고개를 끄덕였다.

악덕 업주가 고용인 등쳐먹는 이따위 회사, 망해 버려라.

솔직히 그런 마음이 없진 않았다.

"도대체 이유나 한번 들어보자. 응? 대우에 불만이 있어서 그런 거야? 액수가 부족해? 아니면 계속 편곡이나 하다가 언젠가 잘릴 신세라고 생각한 거야? 내가 1년만 참으면 작곡가로 이름 올려준다고 했잖아!"

이성호는 목에 핏줄까지 세우며 바락바락 샤우팅을 해댔다.

듣고 보니 꽤씸하게도 이성호는 자신이 고용인을 어떻게 부려먹는지 아주 잘 알고 있는 듯했다.

팀 3D는 이성호의 첫 번째, 두 번째, 세 번째 질문에는 속으로 연신 고개를 끄덕였지만 마지막엔 절대 동의할 수가 없었다.

그 '내년'은 이미 2년 전에 와야 했으니까.

"……."

여전히 이성호는 뭐라 소리를 질러대고 있지만 팀 3D는 침묵으로 일관할 뿐이다.

대답을 하고 싶어도, 뭐라 할 말이 없었다.

노래는 들어봤지만 자신들이 듣기에도 너무 비슷했다.

어떻게 팀 3D의 한 사람씩 주도해서 만든 세 개의 곡이 다 같이 표절 시비에 휘말릴 수가 있을까.

혹 미래를 아는 사람이 팀 3D의 노래를 저격했다면 모를까.

이는 로또 1등에 세 번 연속으로 당첨되는 것보다 어려운 일이었다.

그렇기에 어떤 변명을 해봤자 씨알도 먹히지 않을 것이다.

말이 안 된다.

"…니들 다 모가지야!"

그나마 다행인 점은 작사, 작곡가가 이성호라는 이름으로 등재됐다는 것 정도.

'쌤통이다, 이 양반아.'

팀 3D는 곧 벌어질 소송에서 SH엔터테인먼트의 패소를 진심으로 기원했다.

혹시 모르지 않은가.

간절히 바라면 온 우주가 나서서 도와줄지도.

\*　　　　\*　　　　\*

촬영 스튜디오에 때 아닌 소란이 찾아왔다.

연예인 15명을 앉혀놓고 노가리 까는 지상파 토크쇼 프로그램 담당자인 김 PD는 이마를 잔뜩 찌푸린 채 전화기의 다이얼을 터치하길 수차례.

그러나 아무리 기다려도 대상은 응답하지 않았다.

'답답해 미칠 노릇이로군.'

촬영이 벌써 30분이나 늦어지고 있는데도 유은영이 보이질 않았다.

불미스러운 일이 일어난 건 알겠는데 그래도 약속된 스케줄은 지키거나 못 나오더라도 연락은 취해야 하는 것이 예의이다.

그런데 유은영은 물론이고 그녀의 매니저도, 그녀의 매니저를 관리하는 매니저도, 또 그 위의 사람들도 전화를 받지 않았다.

그때 칼퇴근을 신봉하는 김 PD의 후배가 엉거주춤 다가와 입을 열었다.

"김 PD님, 그냥 진행하는 게 어떨까요?"

"…그냥?"

"출연자가 몇인데 어차피 한 명 빠져도 편집만 잘하면 티도 안 날 겁니다."

"야, 이 자식아. 지금 유은영 팬이 몇인지 알고나 하는 소리야? 게시판 테러당해서 서버 터지면? 네가 책임질 거야?"

그러자 후배 PD는 귓속말이라도 하는 것처럼 손으로 입의 측면을 가리고 작게 속삭이듯 말했다.

"지금 팬들 다 표절 시비로 돌아선 거 모릅니까? 그나마 남아 있는 팬들도 다 이해해 줄 겁니다. 그리고 뭐, 어쨌거나 촬영장에 안 온 건 본인이잖습니까?"

"그건 그렇지."

김 PD는 솔깃했다.

입질을 물었다.

안 그래도 벌써 여기저기서 불만이 터져 나오고 있는 상태.

후배 PD는 김 PD를 조금만 더 건드리면 넘어올 것 같음에, 말을 더 보탰다.

"촬영진도 출연진도 다 각자의 스케줄이 있는데 어떻게 한 사람만 계속 기다려 줍니까?"

"…알았다. 일단 진행하고, 중간에라도 오면 깜짝 게스트든지 뭐든지 해서 잘 편집하라고 해."

"옙!"

후배 PD는 힘차게 대답하며 거수경례를 하고는 다른 이들에게 기쁜 소식(?)을 전하러 갔다.

'대체 어딜 간 거야?'


\*　　　　　\*　　　　　\*


─고객님의 전화기가 꺼져 있어 음성 사서함으로……

"쯧."

당최 유은영은 어디서 뭘 하고 있는지 사장인 자신의 연락조차 받지 않아 혀를 찼다.

주차장으로 급히 걸어가며 이성호는 최후의 수단을 사용할 수밖에 없다고 생각했다.

통화음이 울릴 때마다 목이 바짝 타들어가는 느낌이다.

이내 전화기 너머로 목소리가 들려왔다.

─GCM엔터테인……

"한 사장님, 오랜만입니다."

─아, 오랜만입니다. 하지만 이미 레이지 레코드는……

"압니다. 사장님의 선택을 존중합니다만 오늘 전화드린 건 다른 용건이 있어서 그렇습니다."

한준석은 자꾸 말을 가로채는 이성호가 불쾌했지만 이성호가 지금 상당히 다급하다는 것을 알기에 내색하지 않았다.

─그럼요, 편하게 말씀하세요.

"GCM엔터테인먼트의 작곡가를 만나고 싶습니다."


현일은 이성호가 자신을 만나고 싶어 한다는 얘기를 전해 듣고 한준석을 찾아왔다.

단 두 명뿐이지만 사실상 임원 회의.

'어지간히도 급한 모양이군.'

아마 이성호는 쇠망치로 뒤통수를 얻어맞은 느낌일 것이다.

한준석이 입을 열었다.

"그런데 도대체 어떻게 된 겁니까?"

"글쎄요… 저도 잘 모르겠습니다. 그냥 하연이가 노래 부르는 걸 녹화해서 유튜브에 올렸을 뿐인데 자고 일어났더니 별안간 이렇게 돼 있었습니다."

마치 미리 연습이라도 한 듯 눈 하나 깜짝하지 않고 대답하는 현일.

그러나 '미래를 알고 있어서 괘씸한 이성호한테 엿 좀 먹이고 싶었습니다'라고 말할 수는 없는 노릇이다.

"…할 생각이십니까?"

"소송이요?"

"예."

"당연히 해야 되는 것 아닙니까?"

"섣불리 결정하기보단… 아마 이성호는 곡의 저작권을 사들이고 우리의 사업을 도와주겠다고 제안할 겁니다."

"손을 잡으면 뭐가 좋습니까?"

당연히 그럴 생각은 없다.

그저 한준석의 의견이 궁금할 뿐.

"마케팅을 지원해 주거나, 우리 회사 소속 연예인을 프로그램에 꽂아주거나, SH 소속 가수의 곡을 작곡가님께 의뢰하거나, 아니면 우리 회사에 음반 제작을 의뢰하거나 그런 것들일 겁니다. 우리 회사가 빠르게 성장할 기반을 마련할 수 있겠죠."

현일은 고개를 저었다.

"이성호는 우리 회사가 성장하는 걸 원치 않을 겁니다."

현일의 대답에 한준석은 차를 입에 갖다 대려는 걸 멈추고 고개를 끄덕였다.

"…역시 작곡가님도 그렇게 생각하고 계시군요."

이번 표절 시비 때문이 아니다.

물론 그런 일이 발생하면 서로 불편한 감정이 생기는 건 당연하지만 그보다 더 중대한 문제가 있었다.

"레코드 사업을 그만두실 생각은 없지 않습니까?"

"당연합니다."

한준석은 자신의 사업에 강한 자부심을 가지고 있으며 그게 그의 원동력이다.

무엇보다 레이지 레코드가 없으면 한준석이 GCM엔터테인먼트에 있을 이유가 없었다.

아직은.

"사실상 음반 제작 의뢰는 어불성설이 아닙니까."

"유은영과 날아라 레코드, 이성호의 머릿속에서 저울이 어디로 기우느냐에 따라 다르겠죠."

"사장님 생각은 어떻습니까?"

"…날아라 레코드일 겁니다."

'거기까지 분석한 건가. 난 미래의 지식으로 아는 건데…….'

현일은 새삼 한준석의 혜안에 감탄했다.

차준수는 1982년 날아라 레코드를 설립했다.

'다른 사업'에서 벌어들인 넉넉한 자본금으로 음반을 싸게 팔수 있었고, 때문에 디지털 음원이 발달하지 않던 당시 음반 시장을 석권했다.

1989년 SH기획을 설립한 이성호 또한 그런 날아라 레코드에 음반 제작 및 유통을 의뢰할 수밖에 없었고, 차준수는 간단히 '아, 우리 회사에 외주를 맡기신다고요? 네, 알겠습니다'라고 할 정도로 아량이 넓은 인간이 아니었다.

그렇다는 건 결국 하나의 결론으로 귀결된다.

'뒤가 구리다는 거지.'

그렇기에 이성호는 날아라 레코드를 놓을 수 없을 것이다.

이는 현일과 한준석의 공통된 생각이었다.

"들어보셨죠? 노래."

"예."

현일이 잠시 뜸을 들였다.

정면을 응시하다가 이내 한준석을 휙 돌아보며 말했다.

"…어떻습니까?"

단순히 비슷한지 아닌지를 물어보는 것이 아니었다.

현일의 눈빛에서 의중을 눈치챈 한준석이 고개를 끄덕이며
말했다.

"무조건 이깁니다."

"그럼 그렇게 해야겠네요. 조언 감사드립니다."

"…알겠습니다. 신중히 생각하시고 알아서 잘 처신하리라 믿
습니다."

"물론입니다."

현일은 그렇게 말하며 무릎을 손바닥으로 한 번 탁 치고는
자리에서 일어났다.

'간단한 선물 하나를 준비해야겠어.'


현일은 돌아오면서 한준석의 말을 곱씹었다.

'최대한 많이 뜯어내세요.'

나가면서 문을 닫기 직전에 들려온 목소리였다.

당연히 그럴 생각이다.

그리고 이성호와 손을 잡았을 때의 장점에 대해서 생각했다.

'퍽이나.'

솔직히 현일이 이성호에 대해 아무것도 모른다면 흔들렸을
것이다.

하지만 손을 잡는다면 아마 이성호는 GCM엔터테인먼트를 키워주는 척하다가 SH엔터테인먼트의 하청이나 받는 신세로 전락시키거나, 성장한다 하더라도 적당한 시기에 SH에게 인수 합병당할 확률이 다분했다.

이성호는 충분히 그러고도 남을 인간이었다.

'드디어 다시 만나게 되는군.'

기대하진 않았지만.


현일은 기타 줄을 긁어대며 작곡에 몰두하는 중이다.

Make Me Famous를 위한 곡도, 이하연을 위한 곡도 아니었다.

그렇다고 GCM이 거둬들일 새로운 가수의 곡도 아니었다.

'네놈을 위한 작은 선물이다… 흐흐흐.'

작곡을 하는 데 걸리는 시간은 단 1분.

그 정도면 충분했다.

아니, 이성호에게 노래를 만들어주는 데 1분 1초도 아깝다.

이 노래에 담긴 감정은 차분함으로 시작하여 짜증으로 치닫고 초조함으로 끝난다.

그래프의 효험은 이미 검증된 바다.

사람들의 감정을 컨트롤할 수 있다는 것.

현일은 일전에 폐기처분한 정신이 아픈 환자들의 곡을 이성호에게 들려줄까 생각해 봤지만 고개를 저었다.

이성호에게 들려주려면 현일 자신도 들어야 하기에 별로 좋은 아이디어는 아니었다.

　차분함과 짜증, 초조함을 선택한 이유는 다 나름 생각이 있어서였다.

　첫째는 차 맛을 즐기기 위해, 그다음은 그냥 이성호를 골탕 먹이고 싶어서 그런 것이고, 마지막은 제대로 사리 판별을 못하게 만들기 위함이었다.

　'진짜로 통할지는 두고 봐야 알겠지만.'

　현일이야 애초에 하루에도 수없이 많은 타인의 많은 감정을 받아들이고 있기에 이미 면역이 된 지 오래였다.

　그렇지 않았다면 현일은 하루에도 감정의 기복이 수십 번씩 뒤바뀌는 현상에 진작 미쳐 버렸을 것이다.

　어쩌면 능력이 주인의 정신 상태를 보호하고 있는지도 몰랐다.

　그러나 현일은 후자일 가능성이 높을 것 같았다.

　MMF와 이하연의 자선 공연을 위한 노래를 만들어줄 때도 직접 그들에게 들려주고 나서야 확신을 얻었으니 말이다.

＊　　　　＊　　　　＊

　"처음 뵙겠습니다. SH엔터테인먼트의 대표 이성호입니다, 반갑습니다."

　문을 열고 들어온 이성호가 애써 밝은 낯으로 인사를 하며 악수를 청해왔다.

그의 얼굴은 억지로 웃고 있었지만 핏기가 없이 핼쑥했으며 눈 밑엔 다크서클이 내려앉아 있다.

그러나 이 정도는 현일이 회귀하기 직전의 모습과 비교하면 양반이었다.

'아직은 버틸 재간이 있는 모양이로군.'

현일은 이성호가 내민 손은 안중에도 없다는 듯 그저 고개만 한 번 까딱거리며 짤막하게 응답해 주었다.

"예."

이성호의 얼굴이 급격히 어두워지며 현일에게 차가운 눈빛을 쏘아 보냈다.

'예의도 없는 건가?'

사실 이성호는 현일을 마주쳤을 때 눈이 커다래졌다.

그도 그럴 것이 이성호의 눈에 현일은 제법 젊었기 때문이다.

'30은 넘었을 줄 알았는데?'

대충 한준석과 비슷한 연령대이겠거니 생각했다.

"큼!"

이성호는 괜스레 헛기침을 하며 작업실 안으로 발을 디뎠다.

'설비는 꽤 잘 갖춰져 있군.'

이성호가 작업실을 둘러보며 말했다.

"그럼 실례하겠습니다."

"실례인 줄 알면 그냥 나가도 됩니다."

"……?"

이성호는 현일의 언사에 황당한 표정이 되었다.

누구도 자신을 이렇게 대한 적이 없었다.

게다가 GCM은 SH의 경쟁사이지만 새 발의 피에 불과하다.

SH도 업종 특성상 본사 건물이 사람들의 생각보다 크진 않지만 회사 규모를 단순히 GCM과 비교해 시가총액으로만 따지면 수백 배는 차이가 날 것이다.

자신에게 잘 보이려고 애를 써도 시원찮을 마당에 이건 대체 무슨 처사란 말인가.

이성호는 썩은 미소를 지었다.

"하, 하하… 재밌는 분이십니다. 농담도 잘하시고."

그래도 당장 아쉬운 쪽은 이성호였기에 현일의 비위를 맞춰 줘야 했다.

현일은 준비해 둔 노래를 재생한 뒤 타놓은 차를 가지고 소파에 앉았다.

'새삼 노래에 대한 반응이 어떨지 궁금해지네.'

물론 차는 하나만.

더 있으나 이성호에게 줄 건 없었다.

"차가 없어서요."

"…괜찮습니다."

은은한 차향에 은근히 맛을 기대하고 있던 이성호는 입맛을 다셨다.

상식적인 인간이라면 그냥 차를 안 내오거나 손님에게 줘야 하는 거 아닌가.

"차를 어지간히도 좋아하시나 봅니다."

손님에게 양보할 수 없을 정도로.

이성호의 말투는 살짝 공격적이었다.

"그랬다면 평소에 부족하지 않을 정도로 사뒀겠죠."

"……."

맞는 말이다.

맞는 말이었어도 현일의 건방진 태도에 반박하고 싶었지만, 어째서인지 화가 나지 않았다.

'노래가 괜찮은데?'

스피커에서 흘러나오는 고요한 클래식 음악처럼 잔잔한 피아노의 선율이 마음을 진정되게 만들었다.

내 집처럼 편안한 기분이 들었다.

듣고 있으면 사실 이 모든 것이 꿈은 아니었을까, 눈을 뜨면 따뜻한 이불을 덮은 채 푹신한 베개 위에 머리를 뉘고 있지 않을까, 그런 느낌이다.

아니, 그랬으면 좋겠다고 생각했다.

그러나 현실은 언제나 다른 법.

'끄응…….'

음악을 감상하던 이성호가 다시 눈을 뜨자 여지없이 소파 등받이에 팔을 얹은 채 차를 홀짝이는 현일의 모습이 보인다.

'이 작자는 내가 달갑지 않은 것 같으니 용건만 간단히 하는 게 낫겠군.'

그럴 만도 했다.

이성호는 자신이 아무 잘못도 없다고 생각하지만 어쨌든 현일에겐 이성호가 현일의 곡을 맘대로 가져다 쓴 사람일 테니 말이다.

하지만 괜히 짜증이 났다.

그래도 사람이 먼저 살갑게 대하면 기분이 풀어질 만도 한데 눈앞의 현일은 처음부터 계속 적의를 드러내고 있었다.

그뿐만이 아니다.

유은영도, 팀 3D도, 차준수도, 중견 기업의 사장인 자신이 신생 기업의 일개 작곡가에게 머리 숙여야 하는 이 상황까지.

'무슨 이딴 노래를 듣는 거지?'

이성호는 흘깃 스피커를 바라봤다.

모든 것이 짜증 났다.

현일은 그런 이성호의 심경 변화에 속으로 키득 웃었다.

곡이 진행될수록 이성호는 노래 안에 담긴 감정에 하나하나 반응하며 변화해갔다.

이 또한 하나의 묘미였다.

현일은 그런 이성호를 보며 입을 열었다.

"고민이 많은가 봅니다."

"흥."

이성호가 콧방귀를 뀌며 테이블에 통장과 도장, 카드를 던져 놓았다.

현일이 통장을 집어 들어 펼쳐보았다.

10억.

먹고 떨어지란 뜻이다.

그러나 유은영과 그녀의 노래는 고작 10억 정도가 아님을 둘다 잘 알고 있었다.

"선금이요. 저작권을 넘기면 20억 더 줄 거요. 문서로 남겨도 상관없고."

이성호의 말투가 낮아져 있다.

어쨌든 당연히 30억으로 만족할 문제는 아니었다.

"많이 부족하네요."

이성호가 발끈했다.

"대체 얼마를 원하는 거요?"

노래는 어느새 후반부가 재생되고 있었다.

그에 따라 이성호도 초조해지는 것을 확인했다.

'한번 찔러볼까?'

이 정도면 소송만은 하지 않아도 될 정도의 금액을 계산했다.

못 받아도 상관없지만 받을 수 있으면 받을 정도로.

이성호가 현일이 제시한 금액 이상의 가치를 유은영에게서 보았느냐가 관건이다.

"200억."

**Chapter 10**
이것이 법인 건가

"미쳤군."

이성호는 그 말만을 남겨두고 떠났다.

'만능은 아니라 이건가?'

원하는 결과를 유도해 주는 현일의 능력은 분명히 좋았다.

하지만 어디까지나 도와주는 용도일 뿐 여러 가지 변수에 따라 얼마든지 결과는 달라질 수 있었다.

방금처럼 상대방의 입장에서 너무 터무니없는 요구를 하면 안 먹힐 확률이 높고 노래가 형편없다면 마찬가지다.

'1분 만에 만든 곡이니……'

즉 요구 조건과 노래의 퀄리티 사이에서 조율이 필요하다는 것이다.

이성호에게 들려준 곡이 역사에 길이 남을 위대한 음악이라면 모를까, 이성호가 유은영의 가치를 어느 정도로 판단하고 있든 간에 당장 200억이란 돈은 그에게도 상당히 부담되는 액수일 것이다.

'그렇다면 갈 때까지 가는 수밖에.'

＊　　　　＊　　　　＊

[충격! GCM엔터테인먼트, 결국 소송에 나서다.]

[유은영, 활동 잠정 중단?]

[금일 재판 GCM엔터테인먼트 우세…….]

[SH엔터테인먼트, 다시 항소하다.]

[대법원 판결에 SH엔터테인먼트 삼진 아웃.]


─1심과 2심 재판에서 항소에 항소를 거듭하던 SH엔터테인먼트는 결국 대법원에서도 표절을 인정하며 원고인 GCM엔터테인먼트에 유리한 판결을 내렸다.

한편, 2심과 비슷한 판결을 선고한 대법원 측에서는…….


소송이 진행되는 동안 연예부 기자들은 그것에 대해서 집중적으로 다루었다.

현일이 MMF와 이하연을 데려다 자선 공연을 벌인 게 긍정적으로 작용했는지 뉴스 기사나 커뮤니티에서 네티즌의 반응은 대체로 GCM엔터테인먼트에 우호적이었다.


　─ㅋㅋㅋㅋㅋㅋㅋㅋㅋ합의금 엄청 뜯어냈겠네. 예전에 콜라 회사 CM송이랑 표절 시비 붙은 영국 밴드가 겨우 4초 비슷한 걸로 5억인가 물어줬다던데 이번엔 무려 노래 세 개가 전부 비슷하니. ㅋㅋㅋㅋㅋ

　ㄴ 합의를 안 했는데 무슨 합의금을 받습니까?

　─근데 유은영 요즘 뭐 함? 요새 티비에서 한 번도 못 봄.

　ㄴ 자숙하고 있겠죠. 표절 곡을 대놓고 방송에서 부르고 있으면 그것도 웃길 듯. ㅋㅋㅋㅋ

　ㄴ 유은영이 자숙을 왜 하나요? 본인이 만든 노래도 아닌데 유은영한텐 잘못이 없죠.

　ㄴ 여기 유은영 빠돌이 한 명 추가요! 유은영 인성 더럽다는 말 많은 거 모름?

　─난 이하연 버전이 더 좋더라.

　ㄴ 이하연 버전? ㅋㅋㅋㅋ 그게 원곡이야, 임마! 유은영 에디션이겠지. ㅋㅋ ㅋㅋㅋ

　─여러분! 또 속으십니까? 이번 표절 시비 역시 정부에서……


　그 외에도 인터넷에서는 GCM이 수백억은 받아 챙겼다느니 이 모든 것이 사실 정부와 대기업 등 고위층 사람들의 음모를 감추기 위해 퍼뜨린 스캔들이라느니 하는 말도 안 되는 유언비어들이 떠돌아다니곤 했다.

　물론 믿는 사람은 많지 않겠지만 말이다.

수많은 전문가와 변호사들의 논쟁 끝에 실제로 현일이 소송에서 얻은 결과는 80%의 저작권 회수와 그로 인한 로열티였다.

사실 현일이 법정에서 원고 측이긴 해도 소송의 진행과 관련된 일은 대부분 한준석이 처리했다.

그렇기에 그동안 대략적으로 이렇다 저렇다 하는 정도만 전해 들었을 뿐이다.

'많이도 벌었군.'

현일 본인이 아니라 SH에 대한 생각이다.

표절 스캔들이 수면 위로 부상하기 전에도 유은영은 상당히 타이트한 스케줄을 보냈고, 그 이후로도 그녀의 곡은 여전히 많이 팔려 나간 편이라 80%의 로열티도 제법 큰돈이 되었다.

지금껏 팔린 유은영의 앨범의 총 판매량은 대략 30만 장.

그리고 각종 콘서트도 있고, 우리나라 시장에선 디지털 음원이 실물 음반보다 많이 팔리는 게 당연지사.

물론 디지털 음원은 600원밖에 되지 않지만, 어쨌든 종합적으로 순수 현일에게 정산된 금액은 무려 자그마치 10억이었다.

SH의 기업 규모를 감안하면 로열티뿐만 아니라 따로 내야 하는 벌금도 수십억에 달했다.

'이거 진짜 한 100억 받았어도 되는 거 아냐?'

데뷔한 지 1분기도 지나지 않은 신인이 30만 장이나 팔아치웠다.

그저 단순히 벌어들이는 돈의 문제가 아니라 그만큼 스타 한 명의 탄생은 그보다 더욱 큰 가치가 있었다.

'나도 이성호만 생각하면 왜 이렇게 유치해지는지……'

이내 현일은 상념을 떨쳐내고 새로 영입할 엔지니어를 만나기 위해 차에 올라 약속 장소를 떠올리며 내비게이션을 조작했다.

*　　　*　　　*

현일이 팀 3D의 작업실로 들어서며 밝게 웃으며 인사를 건넸다.

'그러고 보니 이 양반들 작업실은 처음 들어와 보네.'

이곳에서 만나자고 한 것은 현일의 요청이었다.

유은영이라는 희대의 대스타를 탄생시킨, 아니, 탄생시킬 뻔한 팀 3D의 작업실은 생각 외로 단출했다.

'확실히 SH의 설비가 좋긴 하지.'

회귀 전 현일과 팀 3D는 이성호에게 착취당하는 신세라 이성호에 대한 불평불만을 안주 삼아 술잔을 기울이며 형, 동생하는 친한 사이였다.

다른 점이라고 하면 팀 3D는 후에 SH에서 벗어나 프리랜서로 활동하며 나름 성공 가도를 달렸지만 현일은 끝까지 이성호에게 등골을 빨아 먹히고 결국 과거로 돌아오게 되었다는 것 정도.

"안시혁입니다."

"이지영이에요, 반가워요."

"김성재입니다."

팀 3D가 차례대로 자신을 소개했다.

물론 그러지 않아도 현일은 이들이 누구인지 이미 다 알고 있었다.

새삼 반가운 사람들이다.

10년이나 회춘한 이들의 얼굴을 보니 현일의 얼굴엔 절로 미소가 그려졌다.

그런 현일을 보는 팀 3D의 표정이 살짝 미묘했다.

그도 그럴 것이, 현일은 팀 3D의 막내인 이지영과 비슷해 보이는 나이에 자신들이 만든 노래의 법적 원작자인 동시에 GCM엔터테인먼트의 설립자이다. 거기에 더해 자신들을 SH에서 쫓겨나게 만든 원흉(?)이면서도 어쩌면 상사가 될지도 모를 사람이다.

애초에 그들은 GCM과 함께하기 위해 만남에 응한 것이 아니었다.

그저 어떻게 팀 3D와 비슷한 노래를 만들 수 있었는지 그게 궁금했다.

물론 현일이 우연으로 치부해 버리면 솔직히 팀 3D도 할 말은 없지만 그래도 말은 던져보고 싶은 것이 사람의 심리.

그러나 그 문제는 일단 제쳐두었다.

아직 대면한 지 1분도 지나지 않았다.

천천히 얘기를 나눌 시간은 얼마든지 있는 데다 현일이 양손
에 들고 있는 짐이 팀 3D의 이목을 집중시켰기 때문이다.

# Chapter 11
팀 3D

"뭘 좀 가져왔는데 마음에 드실지 모르겠네요."

'새삼 존댓말을 쓰려니 좀 어색하네.'

그렇게 생각하며 현일은 짐을 차곡차곡 내려놓았다.

"지금 풀어보셔도 좋습니다."

"아니 뭐 이런 걸 다……."

입으론 그렇게 말하고 있지만 이미 안시혁의 손은 상자를 풀어헤치고 있었다.

'이 형은 항상 먼저 나선다니까.'

예상대로의 전개에 현일은 피식 웃음이 나왔다.

상자 안의 내용물을 본 나머지 두 명의 눈이 살짝 커졌다.

"어? 그거 시혁 선배가 항상 갖고 싶어 하던 거 아니에요?"

"맨날 구글이랑 이베이 돌아다니면서 찾던 그거 같은데?"

영국 락밴드 L.Z의 열혈 팬인 안시혁을 위한 L.Z의 한정판 앨범.

그것도 그냥 한정판이 아니었다.

전 세계에 한 국가당 한 자릿수밖에 출고되지 않은 L.Z의 앨범 커버가 그려진 3×3큐브가 포함된 에디션이었다.

준비한 세 개의 선물 중에 가장 힘들게 구한 물건이다.

보통 이런 유니크 아이템은 혹여 때라도 탈까 사놓고 신줏단지 모시듯 하는 사람들이 종종 있기 때문에 한준석에게 어떻게든 포장도 뜯지 않은 새 상품을 구해달라고 부탁했다.

그랬더니 정가의 수십 배를 준다면 팔겠다는 사람이 딱 한 명 나타났다.

영국에서.

단, 택배는 혹여 손상될 우려가 있어 나중에 따지고 들지 모르니까 무조건 직거래만 하겠다는 조건 하에 말이다.

그래서 한준석이 직원에게 해외로 휴가를 보내준다는 명목으로 영국으로 보내 끝끝내 가져왔다.

안시혁이 기뻐서 웃는 듯, 우는 듯 미묘한 표정을 지으며 입을 열었다.

"저, 정말 주시는 겁니까?"

"하하하, 물론입니다."

그럼 자랑하려고 가져왔겠나.

현일이 나머지 두 명을 보며 말했다.

"두 분도 풀어보세요."

안 그래도 그럴 생각이다.

안시혁이 24시간 갖고 싶다고 노래를 부른 물건을 떡하니 가져왔는데 자신들에게 준비한 선물은 뭘까.

궁금할 수밖에 없지 않은가.

"대박! 이거 제가 항상 먹어보고 싶던 건데! 한국에선 구하기가 힘들거든요."

영국으로 출장을 간 GCM엔터테인먼트의 직원에게 따로 시켜 사온 물건이다.

300년 전통의… (중략) 대대로 영국 왕실에 식료품과 홍차를 납품한… (중략) 영국을 대표하는 홍차 브랜드 F&M의 홍차 잎 1kg.

그것이 홍차광인 이지영을 위한 선물이었다.

그녀가 생글생글 웃으며 말했다.

"이 정도면 올 여름은 문제없겠네요!"

그에 현일이 떨떠름한 미소를 지었다.

'과소평가했군.'

1kg면 올 한해는 버틸 줄 알았는데.

"오!"

그 와중에 김성재 또한 선물을 보고 감탄사를 내뱉었다.

그를 위해 준비한 선물은… (생략).

어쨌든 세 명 모두 기대치를 뛰어넘은 선물에 흡족해했다.

팀 3D와 현일은 이번 생에서도 일면식이 있었다.

비록 작사가, 작곡가는 이성호의 이름으로 등재됐어도 편곡자는 팀 3D의 이름으로 등재되었기에 재판 중에 몇 번 본 적이 있다.

사실 현일은 팀 3D에게 미안한 감정도 있었다.

반가운 사람들을 그런 일로 마주치게 되어서 찝찝하기도 했지만 이성호가 이들을 등쳐먹도록 놔두고 보는 것도 싫었다.

다행히도 팀 3D는 재판에 대해 크게 신경 쓰지 않는 눈치였다.

그들의 입장에선 저작권을 이성호가 가져가느냐 현일이 가져가느냐의 차이였다.

굳이 꼽자면 후자가 훨씬 나았다. 애초에 현일은 자신의 당연한 권리를 행사한 것뿐이니 말이다.

그래도 서로 미묘하게 서먹한 것은 어쩔 수 없지만 그마저도 선물의 영향으로 싹 날아가 버린 뒤다.

'마음에 들어서 다행이네.'

선물에 들어간 돈은 전혀 아깝지 않았다. 어차피 팀 3D가 받아야 될 돈으로 샀으니까.

당연히 나머지 돈도 모두 팀 3D를 위해 투자할 생각이다.

그러나 기쁨도 잠시, 팀 3D의 머리에 떠오르는 공통된 생각이 있었다.

'이거 받아도 되는 건가?'

현일의 목적은 명확했다.

팀 3D를 GCM으로 이끌고 가는 것.

한데 선물을 받아버리면 현일의 의사를 거절하기가 곤란해진다.

그렇다고 안 받자니 홍차야 어디선가 구한다 치더라도 안시혁과 김성재는 선물이 상당히 탐나는 눈치였다.

쉽게 구할 수 있는 물건도 아닌지라 성의를 거절하기도 힘들었다.

게다가 분명하게 팀 3D 각자의 취향을 저격한 것들이라 현일이 도로 가져가도 딱히 쓸모가 없다는……

'응?'

'그러고 보니 어떻게……'

'우리가 평소 원하던 물건을 가져온 거지?'

그런 의문이 불현듯 팀 3D의 뇌리를 강타했다.

그걸 알아차리자 새삼 소름이 돋았다.

'이게 경계심인가?'

세 사람은 현일에게 경계심을 품었다.

그들은 그런 기색을 감추려 했지만 현일의 능력은 그를 정확하게 캐치하여 현일에게 전달해 주고 있었다.

'심도 깊은 대화가 필요하다!'

그것이 안시혁의 판단이었다.

팀 3D는 현일에게 의심의 눈초리를 쏘아 보냈다.

노골적으로 드러내지는 않았지만 이젠 애써 감추려 하지도 않았다.

'의문부터 풀어주지 않으면 안 될 모양이군.'

먼저 입을 연 것은 현일이었다.

"궁금한 점이 많으실 텐데, 뭐든 물어보셔도 됩니다."

그에 안시혁이 반색하며 입을 열었다.

"일단 선물은 감사합니다… 정말 마음에 쏙 들었어요. 그런데 그게 제가 항상 갖고 싶어 하던 거라서 말입니다."

내심 무안했는지 안시혁은 한차례 헛기침을 한 뒤 말을 계속했다.

"어떻게 알았습니까?"

그에 현일은 별거 아니라는 듯 빙긋 미소 지으며 반문했다.

"우리 법원에서 본 적 있죠?"

"예, 예."

"아!"

이지영은 뭔가 알아차린 듯 탄성을 터뜨렸다.

"그때 레드 제플린 티셔츠를 입고 계시더라고요. 그래서 그냥 그 밴드를 좋아하는구나 하고 가져온 건데 마음에 드신다니 다행입니다."

그렇게 말하고는 현일이 눈짓하며 말을 이었다.

"지금도 입고 계시네요."

그 말에 세 명은 안시혁의 티셔츠를 바라보았다.

거기엔 'Led Zeppelin'이란 글자가 선명하게 적혀 있었다.

등잔 밑이 어둡다는 속담처럼 팀 3D는 일순 바보가 된 기분이다.

그러나 현일은 충분히 그럴 수 있다고 생각했다.

'익숙함이겠지.'

안시혁에겐 그저 평범한 티셔츠를 입듯이 L.Z의 티셔츠를 입었을 뿐이다.

처음 샀을 때야 어떨지 몰라도 언젠가 감흥은 무뎌지는 법이니까.

게다가 김성재와 이지영 또한 안시혁이 무슨 티셔츠를 입든 상관하지 않는다.

당사자에겐 특별한 의미가 있더라도 남이야 관심을 가지고 눈여겨보지 않으면 그저 평범한 옷이니 말이다.

'아! 그러고 보면 나도 그때……'

'그런 거였군.'

이지영은 홍차광이다.

어느 정도냐면 잠시 외출을 할 때도 찻잔을 들고 나간다.

누군가가 '지금 그녀가 뭘 하고 있나?'라고 물었을 때 '차를 음미하고 있다'고 대답하면 90% 이상의 적중률을 자랑할 것이다.

그리고 김성재 또한… (생략).

현일이 화두를 하나 던져놓으니 퍼즐은 알아서 맞춰졌다.

\*　　　\*　　　\*

누군가가 자신에 대해서 알아준다는 건 기분 나쁘지만은 않다.

하물며 지나가다 몇 번 마주친 사이인데도 가지고 싶은 걸 가져온 걸 보면 눈앞의 최현일이라는 사람이 얼마나 선물을 고르느라 고심했을지 느껴졌다.

사실 현일은 원래 알고 있었지만 적어도 팀 3D에게는 그랬다.

그렇게 몇 분의 대화 끝에 서먹하고 어색하던 분위기가 사그라지고 서로 말문을 트기 시작할 무렵, 어느새 현일과 팀 3D는 제법 사이가 가까워져 있었다.

이미 예전 생에서 잘 알고 있는 사람들이기에 현일이 먼저 각자가 좋아하는 취미나 음악 같은 것에 대한 이야기를 던지면 팀 3D는 맞장구를 치며 이야깃거리를 늘어놓았다.

"아, 그렇지! 내 정신 좀 봐. 모두 영국산 홍차 한잔 어때요? 정말 맛있을 거예요!"

그리고 선물도 받기로 한 것 같고.

현일이 손뼉을 치는 이지영을 흘깃 바라봤다.

분위기에 휩쓸려 찻잎이 담긴 통을 살짝 개봉한 이지영은 별안간 아차 싶었지만,

'에라, 모르겠다.'

하며 뚜껑을 열어젖혔다.

그렇게 되니 팀 3D는 차라리 홀가분해진 기분이 들었다.

안 그래도 선물을 받을까 정중히 거절할까 내심 고민 중이었는데 이지영의 거침없는 행동으로 인해 확실히 마음을 굳힌 것이다.

그러자 안시혁은 레드 제플린의 한정판 앨범을 보며 수집장

에 넣어둘 생각에 흐뭇한 미소를 지었고, 김성재는 잘 숙성된 고급 위스키를 맛보고 싶다는 생각에 입맛을 다셨다.

물론 현일이 '선물을 받았으니 저와 함께 가시죠'라고 할 정도의 인간은 아니었다.

그저 반갑고 미안한 마음에 가져왔을 뿐이다.

만약 팀 3D가 현일의 제안을 거절해도 상관없었다.

'그걸로 족하다.'

아쉽기는 해도 다른 엔지니어를 고용할 때까지 현일 자신이 좀 바쁘면 되니까.

아니, 당장 한준석에게 연락해도 제법 실력 있는 사람을 소개해 줄 것이다.

그렇게 기다리고 있으니 얼마 후 이지영이 깊게 우려낸 홍차와 쿠키를 가져왔다.

그녀를 제외한 나머지 세 명은 가끔 차를 마셔도 그렇게 즐기는 편은 아니지만 실내 가득 퍼지는 은은한 향기가 그들의 코를 간질였다.

'여기에 내 능력으로 만든 노래만 흐르면 안성맞춤인데.'

현일은 못내 미리 노래를 작곡하여 가져오지 않은 것이 아쉬워 입맛을 다셨다.

그러다 현일의 뇌리에 불현듯 떠오른 생각이 있었다.

'아니, 여기서도 할 수 있잖아?'

작곡가들의 공간.

이곳엔 다양한 악기와 전문 장비까지 갖춰져 있다.

차라곤 평생 티백 녹차밖에 마셔본 경력이 없는 현일은 홍차를 목구멍으로 넘기며 입을 열었다.

"홍차는 처음 마셔보는데 녹차랑 비슷하네요."

"그렇죠? 사실 녹차와 홍차는 같은 재료를 쓰거든요."

이지영의 대답에 좌중의 눈이 번쩍 뜨였다.

"그래요? 처음 알았네요."

"네! 쉽게 설명하자면 녹차와 홍차의 찻잎은 같은 차나무의 잎인데 발효를 덜하느냐 더하냐에 따라 녹차 잎이냐 홍차 잎이냐로 나뉘는 거죠. 그리고……."

따분하다.

녹차와 홍차의 재료가 같다는 건 조금 새로웠지만 사실 현일에겐 아무래도 좋을 이야기였다.

'솔직히 별론데…….'

현일은 그냥 티백 녹차가 입맛에 맞았다.

애초에 차를 마시는 것도 그저 있으니까 마시는 정도였고, 이하연이 주기적으로 녹차를 사오는 것도 현일이 마시니까 사오는 것이었다.

그리고 커피보단 몸에 좋으니까.

하지만 상대가 자신의 관심사를 말할 때 맞장구치며 잠자코 들어주는 것은 친해지기 위한 아주 좋은 방법이다.

'크윽, 못 들어주겠네.'

'또 시작이군.'

그러나 안시혁과 김성재는 몇 번이나 들은 얘기인지 질린 표정을 지었다.

잠시 후 이지영은 숨을 고르기 위해 장황한 티 스토리를 한 호흡 멈추었고, 현일은 그 틈을 타 재빨리 화제를 바꿔 DAW가 켜져 있는 모니터를 보며 입을 열었다.

"그런데 팀 3D가 작곡한 노래를 한번 들어보고 싶습니다만, 괜찮을까요?"

"당연하죠!"

이지영은 자신의 두 손을 마주 잡으며 흔쾌히 허락해 주었다.

김성재와 안시혁도 이지영의 수다를 멈춘 현일의 재치에 흡족해했다.

"우린 여기에 샘플이나 데모 음원을 저장해요."

이지영이 샘플 폴더를 클릭하며 재차 입을 열었다.

"좀 많죠?"

"네."

'화제의 유 모 양 노래인가 보군.'

현일은 고개를 끄덕였다.

아닌 게 아니라 정말 많았다. '유은영1—1~유은영1—Final'과 같은 형태로 이름 붙은 음원 파일이 줄줄이 늘어서 있었다.

현일은 1—1과 1—Final, 그리고 중간중간 몇 개씩 들어보기 시작했다.

'데뷔곡이군.'

유은영의 첫 번째 싱글이다.

1―1은 TV나 길을 걷다가 흔히 흘러나오는 유은영의 노래와는 사뭇 달랐지만 1―Final은 거의 흡사했다.

1―1부터 시작해 1―2를 거쳐 1―3, 1―4 순으로 숫자가 올라갈 때마다 아주 조금씩 노래가 바뀌고 완성되어 나갔다.

그렇게 수십 번의 과정을 번복해 탄생한 노래가 바로 유은영의 데뷔곡이었다.

"얼마나 고생하셨을지 눈에 훤하네요."

현일은 짐짓 침중한 목소리로 말했다.

실력파였다. 그리고 노력파였다.

음악이나 작곡에 대한 천부적 재능이 아닌 오로지 노력만으로 초절정 히트곡을 만들어낸 그들.

그것이 팀 3D였다.

"그래 봤자 아류 곡에 불과합니다."

그렇게 말하는 김성재의 눈엔 우환이 담겨 있었다.

그리고 그 감정은 그래프를 통해 현일에게 고스란히 전달되었다.

꼭 그래프가 아니더라도 무슨 뜻인지 잘 알고 있었다.

세상의 많은 아티스트들에겐 자신의 작품에 애정이 있다.

비록 인기가 없는 작품이라 할지라도 어딘가에는 좋아해 주는 사람이 있게 마련이니까.

한데 저작권 분쟁이 끝난 뒤로 인터넷에서 유은영의 노래를 검색해 보면 작사가, 작곡가는 이성호와 GCM으로 사이좋게(?) 등재되어 있다.

참으로 웃지 못할 노릇이다.

'으음, 괜한 짓을 했나.'

멋쩍어진 현일은 괜스레 뺨을 긁적였다.

착 가라앉은 분위기를 바꾸고 싶었다.

'좋아, 이번엔 기타다.'

현일의 눈이 반짝였다.

벽에 대충 기대어 놓여 있는 일렉 기타를 발견한 현일은 테이블에서 쿠키 하나를 입으로 가져가며 일렉 기타를 집어 들었다.

그런 현일은 보며 이지영이 의아한 눈빛을 감추지 않고 물었다.

"뭐 하시는 건가요?"

현일은 그에 빙긋 웃으며 검지를 입술에 가져다 댔다.

"쉿."

이번엔 뭐가 좋을까.

'즉흥곡? 아니면… 그래, 그거다.'

기타 솔로 파트가 인상적인 올드 팝 하나를 떠올렸다.

'망각과 환희.'

노래를 연주하며 담을 감정이다.

쓸쓸함과 모든 것을 잊고 지금 이 순간을 즐기자는 의미이다.

그런데…….

'응? 그래프가…….'

안 보인다.

현일은 인상을 찡그렸다.

고개를 들어 천장으로 가로막힌 하늘을 쳐다보며 작게 투덜거렸다.

"줬다 뺏깁니까? 치사하게."

그렇게 현일이 누군가에게 불평하는 와중에 이지영의 목소리가 들려왔다.

"그거 고장 난 거예요."

"예, 예?"

"그 기타 고장 났다고요."

현일은 조금 전 똥폼을 잡은 것을 후회하며 입맛을 다셨다.

"아, 다행입니다."

"네? 뭐가요?"

현일이 한숨을 내쉬며 가슴을 쓸어내리자 이지영이 고개를 갸웃거렸다.

남의 기타가 고장 났다는 게 어째서 다행한 일일까?

"아무것도 아니에요, 하하!"

이곳에도 멀쩡히 신시사이저가 있는데 왜 하필 기타가 치고 싶어졌을까.

'역시 안 하던 짓은 함부로 하는 게 아냐.'

그런 생각을 하며 신시사이저가 있는 곳으로 터벅터벅 걸어갔다.

'고장 난 악기에선 그래프가 안 보이는 건가?'

새로운 사실이다.

현일은 어쩌면 그래프엔 아직 자신이 모르는 것이 더 남아 있을지도 모른다는 생각이 들었다.

어떤 면에선 불친절했다.

설명서 하나 없이 '옛다, 가져다 써먹어라' 하는 식이니 말이다.

딱히 불만은 없었지만 이따금 초능력이 없어질 수도 있다는 생각은 했다.

그래도 상관없었다.

현일에겐 '길을 가다가 교통사고가 나서 죽으면 어쩌나' 하는 것과 똑같은 수준이니까.

그러나 그것도 예전 일이지 요즘은 다르다.

타인의 감정을 읽을 수 있게 된 뒤로 현일은 자신의 능력이 상당히 마음에 들었다.

그런데 없어진다면? 그리고 악기가 없을 때도 잘 보이던 그래프가 왜 고장 난 악기에선 안 보일까?

'…모르겠다.'

아마 없어진다면 그때가 바로 자신이 은퇴할 날이 아닐까.

그런 생각이 들었다.

'소중한 것은 잃고 나서야 그 소중함을 깨닫는다. 누가 한 말인지는 몰라도 명언이군.'

신시사이저 앞에 선 현일이 임의로 곡조 하나를 떠올리자 그와 동시에 늘 보던 그래프가 허공에 떠올랐다.

안심했다.

그리고 내심 그런 자신에게 살짝 놀랐다.

지워진 과거의 일이지만 플래티넘 히트 작곡가인 자신이 한 낱 초능력에 일희일비한다는 사실에 말이다.

그런데 만약 어느 순간 초능력이 갑자기 사라진다면?

현일은 '쉽게 얻은 건 쉽게 없어진다'는 말을 믿기에 초능력이 갑자기 없어질 수도 있다는 건 평소에도 염두에 두고 있었다.

그러나 그런 무의미한 걱정 따윈 잠시 접어둘 때였다.

'능력이 없어도 내가 플래티넘 작곡가라는 사실은 변하지 않는다.'

애초에 그럴 리는 없겠지만, 만약 이런 능력이 있다는 걸 누군가 알면 반칙이라고 말해도 할 말은 없다.

팀 3D가 유은영의 노래를 만들기 위해 108번뇌를 거친 것처럼 과거의 현일 또한 마찬가지였다.

그러나 언젠가 얻은 이상한 능력은 그런 복잡하고 지겹고 귀찮은 인고의 과정을 단숨에 건너뛰게 만들어주었다.

편했다.

그런데 이런 능력을 가졌는데도 그저 그런 노래나 만든다면 그건 세상 모든 작곡가에 대한 모욕이라고 생각했다.

사람들의 머릿속에 고작 '유명한 작곡가' 정도로 남을 생각은 추호도 없었다.

'천하제일(天下第一).'

이왕 반칙 같은 능력을 얻었다면 이 신비한 그래프와 함께 세계 최고의 작곡가가 되어주는 것이야말로 초능력 작곡가로서의 의무이자 다른 작곡가에 대한 예의였다.

그것이 현일의 새로운 다짐이었다.

팀 3D는 과연 현일이 어떤 음악을 들려줄까 궁금해하는 얼굴이다.

평소 현일이 애용하던 신시사이저는 아니지만 이미 여러 회사의 많은 제품을 만져본 현일은 이 또한 능숙하게 조작했다.

이내 신시사이저의 건반을 누르자 현일의 상념은 자연스레 떨어져 나갔다.

얼마 후, 연주가 끝나고 안시혁, 김성재, 이지영이 차례대로 저마다 한마디씩 했다.

"무슨 노래일까 했더니 제가 제일 좋아하는 노래군요. 하하하!"

"희대의 명곡이죠."

"원래 신시사이저가 없는 노래인데 그 감성을 제대로 살리셨어요!"

현일은 대답 대신 빙긋 미소를 지었다.

사실 현일은 기타를 잡았을 때 'The Eagles'의 'Hotel California'를 연주하려고 했는데 'Led Zeppelin'의 'Kashmir'로 선택을 바꿨다.

둘 다 부정할 수 없는 불후의 명곡임은 틀림없지만 신시사이저로는 전자보단 후자가 더 어울릴 것 같았기 때문이다.

물론 현일은 무슨 음악이든 신시사이저와 조화를 이룰 수 있는 능력이 있었지만 그냥 그게 더 나을 것 같았다.

자작곡이나 'Make Me Famous' 때처럼 즉흥곡을 연주해 볼까 생각도 했지만 그만두었다.

초보 작곡가나 신인 가수들 앞에선 그렇게 하더라도 프로 작곡가들 앞에서 하려니 왠지 잘난 척하는 것 같았다.

차라리 서로 좋아하는 걸 공유하는 게 조금이라도 더 낫다.

'좋은 게 좋은 거지.'

현일이 김성재를 보며 입을 열었다.

"노래 잘하시네요."

과거에 몇 번이나 했던 말.

"제 어릴 적 꿈이 보컬리스트였습니다."

안시혁의 영향인지 팀 3D 모두 레드 제플린을 좋아하는 건 마찬가지였다.

현일이 연주를 시작하자마자 무슨 노래인지 깨달은 안시혁은 알아서 드럼을 두드렸고, 그에 따라 김성재가 마이크를 잡았다.

현일은 더 묻지 않고 무슨 뜻인지 알겠다는 듯 고개를 끄덕였다.

사연은 이미 알고 있었다.

처음엔 락 밴드의 꿈을 키운 김성재였지만 한국 인디 밴드의 현실을 깨닫고 방향을 전환했다.

현일은 그 말을 김성재에게서 처음 들었을 때 '그럼 작곡가는 쉬운가?'라는 말이 나오려는 것을 삼켰다.

좌우지간 작곡가로서는 성공했으니까.

"밴드는 힘드니까요."

"저도 그렇게 생각했는데 'Make Me Famous'를 보니까 그렇지도 않나봅니다. 그냥… 최현일 씨가 대단하다고밖에 안 느껴지네요."

김성재는 그렇게 말하며 멋쩍은지 뒷머리를 긁적였다.

'대단하다……'

이지영이 눈을 반짝 빛내며 입을 열었다.

"그런데 그런 기술은 어디서 익히신 거예요?"

그녀는 팀 3D의 선배 두 명에 비해 경력이 짧아서인지 성격이 원래 그래서인지는 몰라도 호기심이 참 많은 듯했다.

'아니, 원래 저랬나?'

현일은 과거의 기억을 되짚었다.

그러고 보니 이지영이 자신에게 유달리 관심이 많던 것 같기도 했다.

'하긴 그땐 내가 끗발 좀 날렸으니까.'

SH엔터테인먼트 시절, 많은 작곡가 지망생이나 현업 작곡가들은 히트곡을 제법 만들어낸 현일에게 손에 무언가를 바리바리 싸들고 와서 조언을 구하곤 했다.

그 고객(?) 중 한 명이 이지영이었다.

안시혁이나 김성재의 자문만으로는 성에 안 찼던 모양이다.

이유야 무엇이든 이지영 같은 단발의 미녀가 관심을 가져준다면 고마운 일이다.

그저 착각일지는 모르지만.

어쨌든 현일은 그런 그녀에게 의아한 눈빛을 감추지 않고 되물었다.

"그런 기술이라뇨?"

"신시사이저로 기타 리프를 연주하신 건 알겠는데, 중간 중간에 임의로 화음을 넣은 것 같아서요. 그걸 묻는 걸 겁니다."

대답은 언제나 나서길 좋아하는 안시혁에게서 나왔다.

"아, 그건……."

당혹스러웠다.

생각지도 못한 질문이다.

'그냥 그래프가 이끌어주는 대로 눌렀을 뿐인데…….'

그러나 사실대로 말할 수는 없었다.

"연습하던 겁니다. 평소에 다른 노래들을 제 입맛대로 편곡해 보는 게 취미거든요."

"와, 대단해요!"

이지영은 작곡은 잘할지 몰라도 즉흥 연주는 잘 못했다.

하기야 실력 있는 작곡가라고 해서 즉흥 연주까지 잘하란 법은 없으니 말이다.

즉흥 연주도 어찌 보면 실시간 작곡이나 마찬가지인데, 팀 3D 자체가 감각적인 발상이나 영감보다는 앉아서 머리 짜내는 스타일이 강한 그룹이다.

그렇기에 누군가가 현일에게 감히 팀 3D에 대해 평가해 보라고 한다면 망설임 없이 '다분히 화성학적'인 작곡가들이라고 대답할 것이다.

특히 이지영이 그런 경향이 더했다.

절대로 부정적인 의미가 아니다.

화성학은 기초 음악 이론을 다루는 학문으로서 쉽게 말하면 화음을 쌓는 방법을 배우고 연구하는 학문이다.

수백 년 동안 수많은 거장 음악가들의 손에서 다듬어지고 보강되어 온, 작곡가라면 거의 필수적으로 배워야 한다고 여겨질 만큼 중요한 이론이다.

물론 화성학을 몰라도 작곡에 천부적인 재능을 가진 작곡가라면 이야기가 다르지만, 어쨌든 화성학이 중요한 만큼 현일 또한 많은 시간을 들여 공부했다. 그러나 현일은 이론보단 '감'을 믿는 스타일이었다.

어쨌든 그런 그녀의 입장에선 즉흥 연주에 일가견이 있는 현일이 신기한 모양이다.

"유은영 첫 싱글 만들 때 두 분이 많이 도와줬죠?"

이지영은 숨겨놓은 비상금을 들키기라도 한 것처럼 현일의 말에 화들짝 놀라 눈을 크게 떴다.

"어떻게 아셨어요?"

"하하하, 영업 비밀입니다."

원래 작곡가만이 아니라 아티스트는 작품을 만들면 어떤 방식으로든 자신의 흔적을 남기고 싶어 하는 법이다.

가령 현일의 손을 거친 노래는 꼭 신시사이저 파트가 들어가는 것과 마찬가지다.

설사 그 흔적을 의도치 않았다 하더라도 현일의 감각을 속일 수는 없었다.

그리고 팀 3D와 함께한 수많은 시간과 더불어 현일에겐 특별한 능력이 있으니까.

"'기억'에 뭘 한 건가요?"

이지영은 아직까진 김성재와 안시혁에게 많은 도움을 받고 사는 입장이었다.

그런 만큼 그녀도 그러한 낌새를 눈치챈 듯 둘에게 의심의 눈초리를 쏘아 보냈다.

그러나 둘은 어깨를 으쓱할 뿐이다.

현일이 입을 열었다.

"가르쳐 드릴까요?"

"네!"

이지영이 들뜬 목소리로 대답했다.

현일의 영업 비밀을 파헤칠 수 있을까 기대하는 것이다.

"제 작업실로 오시면 가르쳐 드리겠습니다."

현일은 자신의 작업실로 오라는 말을 강조하고선 다른 두 명을 흘깃 쳐다봤다.

"음……."

그에 김성재와 안시혁이 침음을 내뱉었다.

겉만 보면 장난스럽게 던진 말이지만 속에는 다른 의미를 내포하고 있음을 팀 3D가 모를 리 없었다.

'한 번 더 찔러봐야 되나?'

현일은 팀 3D가 자신들만의 길을 걸어도 좋지만 역시 그냥 떠나보내기만은 아쉬운 것도 사실이다.

또 회귀 전 팀 3D는 결국엔 자신들의 실력을 믿고서 끝까지 프리랜서 작곡가로서의 길을 고수했지만 그전까지 이성호의 횡포를 견뎌가며 SH에 소속되어 있던 것은 이성호가 끊임없이 그들에게 자신의 주장을 표출했기 때문이다.

그리고 자연스럽게 자신도 모르는 새에 세뇌되어 가는 것이다.

네가 이렇게 큰 건 다 내 덕이라는 말도 안 되는 주장을.

특히 대중음악 작곡가는 기획사에서 노래를 의뢰해 주지 않으면 딱히 다른 곳에서 수익을 기대하기 힘든 구조인 만큼 SH의 입김이 두려운 것도 어쩔 수가 없다.

만약 SH가 특정 작곡가에게 의뢰를 하지 말라고 다른 기획사에 압력을 넣으면 당사자로서는 손쓰기가 힘든 것이 현실이니까.

그리고 어쩔 수 없이 SH에 눌러앉아 있는 현실을 점점 무감하게 받아들이고 안주하게 된다.

실제로 이런 일이 드물지 않게 이루어지고 있음을 현일도 잘 알고 있었다.

결국 팀 3D야 SH를 스스로 나왔고 현일은 SH에게 기댈 수밖에 없는 상황이었지만 그와 같은 영향을 무시할 수만은 없는 것도 사실이다.

아무튼 다행히도 이번엔 팀 3D가 빠르게 SH에서 나오게 되었지만 그들의 재능을 알아차린 다른 메이저 기획사가 그들을 데려가려고 할지도 모를 일이다.

유은영 노래의 편곡자는 팀 3D의 이름으로 남아 있으니까.

그렇게 상념에 젖어 있는 현일의 정신을 일깨운 것은 기대감에 젖어 있는 이지영의 목소리였다.

"좋아요!"

"그럼 한번 고려를……."

"응?"

현일이 인상을 살짝 찡그리면서도 한편으론 흥미롭다는 듯 미묘한 표정을 지었다.

'속뜻을 알아듣기는 한 건가?'

그러고는 숨죽인 채 김성재와 안시혁을 번갈아 지켜보았다.

'만장일치가 아니면 안 되지.'

팀 3D는 끈끈한 정으로 이어져 있는 팀이다.

안시혁과 이지영은 제쳐두고 김성재에게서 낙관적인 대답이 나오지 않은 이상 김칫국을 마시긴 일렀다.

그가 이지영을 보며 물었다.

"너, 현일 씨가 무슨 말을 하신 건지는 알고서 한 말이야?"

어느새 김성재는 현일에 대한 호칭이 '최현일'에서 '현일'로 바뀌어 있었다.

그도 현일에게 어느 정도 호감이 생겼다는 증거이다.

물론 그게 좋은 결과로 작용할지는 아직 미지수지만 말이다.

"그게 중요한가?"

그렇게 말하는 이지영의 눈빛은 조금도 흔들리지 않았다.

다만 김성재의 태클이 귀찮다는 듯 살짝 짜증이 담겨 있을 뿐이다.

김성재가 어이없다는 표정을 지었다.

그러나 심각한 상황은 아니었다.

둘은 마치 남매처럼 보였으며 언제나 있을 법한 소소한 갈등과 같은 것이었다.

'흠, 그러고 보니 서로 사촌이었지.'

성도 다른데다 얼핏 지나가는 말투로 들은 터라 그리 신경쓰지 않아 기억에 담아두고 있지 않고 있던 사실이다.

"에휴, 또 시작이네."

안시혁이 혀를 차며 못살겠다는 듯 고개를 가로저었다.

"큼!"

이내 김성재는 손님 앞이라는 것을 자각하며 괜스레 헛기침을 했다.

'윽, 벌써 시간이 이렇게 됐나. 배고프다. 아!'

시계를 본 현일은 이내 좋은 생각을 떠올렸다. 눈이 번뜩였다.

"자, 자, 생각은 나중에 천천히 하시고 우리 함께 저녁 한 끼어떻겠습니까? 제가 맛있는 고깃집을 하나 알고 있습니다."

그에 팀 3D 전원이 벽시계를 흘깃하며 꿀꺽 침을 삼켰다.

그들도 배가 고팠던 모양이다. 현일이 빙긋 미소 지었다.

'후후, 시혁이 형은 고기라면 사족을 못 쓰지. 성재 형은 술

을 좋아하고.'

무엇보다 훔친 고기보다 남의 돈으로 먹는 고기가 더 맛있는 법.

"가시죠. 제가 한턱내겠습니다. 같이 회포라도 풀어봅시다."

＊　　　　＊　　　　＊

"크～ 이성호 그 인간이 말이야……."

술을 세 병이나 비운 안시혁이 그동안 마음에 담아둔 불만을 쉴 새 없이 털어놓기 시작했다.

현일이야 이미 많이 들어본 영양가 없는 이야기의 반복이었기에 한 귀로 듣고 한 귀로 흘려버렸다.

"고생이 많았겠네요."

그러나 이따금 맞장구를 쳐주며 고개를 끄덕여 주는 것은 잊지 않았다.

"그럼그럼. 역시 날 알아주는 건 우리 최현일 동생밖에 없다!"

술잔을 기울이던 넷은 어느새 서로 호형호제하는 사이가 되었다.

누가 먼저랄 것도 없이 자연스럽게 말이다.

"……"

김성재는 술이 들어갈수록 말수가 적어지는 경향이 있었다.

술기운이 정신을 지배하지 못하도록 그의 심연 속에서 알코

올과의 사투를 벌이고 있는 모양이다.

"으윽, 술 냄새."

이지영이 인상을 찌푸렸다.

현일과 팀 3D는 서로를 마주 보고 앉아 있었는데, 술 냄새를 풀풀 풍겨대는 안시혁이 못마땅한지 이지영이 손등으로 코를 막으며 자연스럽게 현일의 옆으로 와서 앉았다.

"옆에 앉아도 되죠?"

그녀의 얼굴은 살짝 취기가 도는지 양 볼이 발그레해진 상태였다.

그 모습이 제법 귀여워 현일은 피식 웃음이 나왔다.

"이미 와놓고는."

"히히."

"갈비 4인분 나왔습니다."

"여기다 놔주세요."

"예에~!"

아까 전에 추가시킨 고기가 나오자 현일은 넷의 젓가락이 덜가는 반찬 접시들을 한쪽으로 치웠다.

"그런데 오늘은 동생이랑 안 왔구만?"

"음? 동생이 있었어요?"

이 식당의 단골인지라 이미 현일과 안면을 튼 지 오래인 사장님은 늘 보던 얼굴이 없자 정겨운 말투로 물어왔고, 이지영이 의문을 표했다.

그러자 현일의 얼굴이 어두워졌다.

"병원에 있거든요."

사장님이 안타깝다는 듯 혀를 찼다.

"쯧쯧, 큰 병이 아니었으면 좋겠네. 내 아는 사람도 암에 걸렸는데 말이야, 얼마 전에 그… 이… 뭐더라? 하여튼 간에 어떤 가수가 주최한 자선 공연을 우연히 듣게 됐다는데 그중에 메이크? 메이커? 내가 요즘 젊은 양반들 노래엔 통 관심이 없어서……."

사장님은 손수 불판에 고기를 구워주며 말을 이었다.

"아무튼 그런 그룹이 부른 노래를 듣고 암이 낫는 기분이 들었다지 뭔가? 물론 그렇다고 암이 낫지는 않았지만 신기하게도 증상이 호전되었다면서 다음엔 꼭 직접 공연을 보고 싶다더라고."

"다행이네요."

현일은 싱긋 미소를 지었다.

사장님이 말하는 공연이 누구의 어떤 공연인지 모를 리 없다.

10년 전 젊은 날의 현일이었다면 '그 노래를 만든 게 바로 접니다!'라면서 콧대를 높였겠지만 육체는 그때와 같을지라도 정신적으로 성숙한 바였다.

그저 생각지도 못한 곳에서 자신이 행한 일에 대해 듣고 그게 좋은 결과로 이어졌다는 것에 뿌듯하다는 것, 그것으로 충분했다.

그래도 증상이 호전되었다는 게 진실인지, 아니면 그저 우연의 일치인지는 몰라도 놀라움을 감추기는 힘들었지만 말이다.

'좀 더 연구해 볼 가치가 있겠는데.'

현일은 나중에 여유가 된다면 다시 한 번 자선 공연을 열어볼 만하다고 생각했다.

그리고 그땐 오직 GCM엔터테인먼트의 이름으로 주최하는 공연이 될 것이다.

GCM의 이름을 알린다는 것만 제외하면 아무런 의도 없이 오로지 선의로만 이루어지는 자선 공연을 말이다.

'뭐, 일이 잘되면 그 자선 공연의 대상자들이 그대로 우리 회사의 단골 고객이 되어줄지도 모를 일이고.'

현일의 밝은 표정에 머쓱해졌는지 사장님이 헛기침을 했다.

"크흠! 내가 괜히 생사람을 중환자로 몰아가는구만. 혹시 관심이 있다면 언젠가 보러 가도 괜찮지 않을까… 하고 말해본 거야."

"아닙니다, 재밌는 이야기였어요. 저도 그 가수들 공연 꼭 보러 가고 싶은데요?"

"그렇게 말해주니 고맙네. 그럼 고기는 다 먹기 좋게 잘라놨으니 맛있게들 먹게."

"네."

잠자코 둘의 대화를 듣고 있던 이지영이 입을 열었다.

"그 공연, 현일 씨 이야기죠?"

"음, 아마도?"

"칫, 모른 척하면 누가 속을 줄 알아요? Make Me Famous가 현일 씨가 키운 밴드인 걸 여기에 모르는 사람이 누가 있다고 그래요? 그렇죠?"

이지영이 어떠냐는 듯 맞은편의 둘을 차례대로 쳐다보았다.

"…글쎄."

"어, 응? 무라고?"

'많이들 취하셨군. 이거만 먹고 슬슬 일어나야겠어.'

김성재는 아직 술기운과 사투를 벌이느라 다른 데 신경 쓸 겨를이 없어 보였고, 고기가 익기만을 기다리던 안시혁은 슬슬 혀가 꼬이기 시작했다.

"그런데 현일 씨는 어떻게 자선 공연을 할 생각을 하신 거예요?"

"동생이 백혈병에 걸렸거든."

물론 다른 이유도 있었지만 굳이 그걸 말할 필요는 없었다.

"아, 죄송해요. 그런 줄도 모르고……."

"그런 일이……."

"너도 고생이 많구나."

현일의 대답에 팀 3D 전원이 번뜩 정신을 차리고 탄식을 내뱉었다.

"회포를 풀려고 왔는데 우리 울적한 얘기는 그만하고… 자, 한 잔 더 받으세요."

"그래, 그래."

애써 웃는 얼굴을 하며 김성재와 안시혁의 술잔을 채우고 혼자서만 콜라를 마시는 현일을 보며 이지영이 싱그러운 미소를 지었다.

"역시 현일 오빠는 좋은 사람이에요. 아, 오빠라고 불러도 되죠?"

"이미 불러놓고는."

"히히."

현일이 피식 웃었다.

*　　　*　　　*

다음 날, 결국 팀 3D는 계약서에 사인을 했다.

GCM엔터테인먼트의 일원이 된 것이다.

협상은 짧았다.

일심동체인 팀 3D임에도 김성재와 안시혁이 움직이지 않겠다면 혼자서라도 가겠다는 이지영의 발언에 나머지 둘도 두 손두 발 다 들었기 때문이다.

물론 이유가 그것 때문만은 아니었다.

각종 선물, 음악, 술자리에서의 일을 비롯해 최현일이라는 사람에 대해 생각해 보고 종합적으로 심사숙고하여 내린 결정이었다.

그리고 GCM엔터테인먼트라면 누구에게도 방해받지 않고 자신들만의 꿈을, 음악을 자유롭게 펼칠 수 있을 것 같다는 생각이 들었다.

신생 기획사란 점도 그렇지만, 경영자와 작업실 건물이 나뉘어져 있어 눈치 볼 상급자도 없는 데다 어째선지 현일에게 강한 이끌림을 느꼈기 때문이다.

'마치… 전생의 인연 같단 말이야.'

팀 3D 전원의 공통된 생각이었다.

땡!

엘리베이터의 신호가 다목적 작업실이 있는 층에 다다랐음을 알렸다.

문이 열리자 팀 3D는 잔뜩 부푼 기대감을 안고 발걸음을 디뎠다.

이내 현일의 작업실 정문 앞에 다다른 팀 3D.

안시혁이 초인종을 누르기 위해 손을 올리는데 이미 문이 열리고 있다.

"환영합니다, 팀 3D."

『작곡가 최현일』 2권에 계속…

# 미러클 테이머

인기영 장편소설

**FUSION FANTASTIC STORY**

# MIRACLE TAMER

이계로 떨어져 최강, 최고의 테이머가 되었다.
그러나… 남은 것은 지독한 배신뿐.

배신의 끝에서 루아진은 고향, 지구로 되돌아오게 되는데……
몬스터가 출몰하기 시작한 지구!
그리고 몬스터를 길들일 수 있는 테이머 루아진!
그 둘의 조합은……?

## 『미러클 테이머』

바야흐로 시작되는
테이머 루아진과 몬스터들의 알콩달콩한
대파괴의 서사시!!

Book Publishing CHUNGEORAM

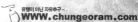

FUSION FANTASTIC STORY

텀블러 장편소설

# 현대
# 천마록

천하를 호령하고 전 무림을 통합한
일월신교의 교주 천하랑.
사람들은 그를 천마, 혹은 혈마대제라고 불렀다.

## 『현대 천마록』

무공의 끝은 불로불사가 되는 것이라 생각했지만
그로서도 자연의 섭리 앞에선 어쩔 수 없었다!

'그렇게 많은 피를 흘렸음에도 불구하고
죽을 때가 되니 남는 것이 없군그래.'

거듭된 고련 끝에 천하랑의 영혼이
존재하지 않게 된 그 순간
그의 영혼은 현세에서 천마로서 눈을 뜬다!

Book Publishing CHUNGEORAM

유행이 아닌 자유추구-
WWW.chungeoram.com